ストーリーで楽しむ
日本の古典

どこまでも堕ちてゆく男を
容赦なく描いた恐怖物語

# 真景累ヶ淵

しんけい
かさねがふち

金原瑞人 著
佐竹美保 絵

岩崎書店

もくじ

【瑠衣《るい》は窓際《まどぎわ》のテーブルをふきながら、ガラス窓に目をやった。夜なので外は暗く、ウェイトレス姿《すがた》の自分が映《うつ》っている。にこっと微笑《ほほえ》みかけて、眉《まゆ》を寄せた。窓に近づいて、目をこらす。顔の右半分が薄紫《うすむらさき》色になっている。手をあててみると、少しほてっているような気がする。あわてて、レストルームに駆《か》けこみ、鏡をみた。瑠衣の顔に笑みがもどる。

瑠衣はレストルームから出ると、仲間に、

「ねえ、わたしの顔、どこも変じゃないよね」

とたずねた。

相手は、

「ぜーんぜん。なんで?」

「ときどき、顔の半分が紫っぽくみえて」

「気のせいよ、気のせい」

「そっか、そうだよね」

瑠衣は窓際のテーブルをふきにもどった。

外は雨が降《ふ》っている】

# 1.

一月一日、午後九時十五分、山都武史《やまとたけし》はファミレスの窓際《まどぎわ》のソファに座《すわ》って、ぼんやり外をながめていた。四車線の鎌倉街道を車が走っているが、いつもより数は少ない。ただ、トラックの数だけは普段と変わらないような気がする。武史は、テーブルの上の少しさめたカフェラテをすすって、ぼやく。

「蓮二《れんじ》のやつ、相変わらず、遅《おそ》いな」

カップのそばに置いてあるiPhoneを取りあげて、LINEをチェックしてみる。ボンフリ仲間のやつが一番上に出ている。

あけましておめでとうございます!!(*^o^*)

皆様《みなさま》どうか今年もよろしくですー!!

=(๑•ã=(๑ã д •´=(๑•â д •â๑)=(๑•ä д •

明けましておめでとうございます♪　今年もよろしくです～(´▽`)ノ

明けてないけどおめでとう！（from England）

新年！　今年もよろしくお願いします～(´▽`)ノ♡

こちらは蓮二《れんじ》くんと京王線の中で爆睡《ばくすい》しながら新年明けてました

でも……毎年そんなだなぁ……去年や一昨年も調布のマック前で新年明けてたよw
コミケの打ち上げから帰る時間がいつもそんななんだなぁ

ごめん／(>o<)＼ゆっくり寝《ね》てて……いいのよ……♡

この中に武史《たけし》が送ったものはない。というかほとんど書きこむことがない。このグループはマンガサークルの連中が中心になっていて、武史はサークルには入っていない。しかし、小学生の頃《ころ》からマンガは好きで、いまでもよく読んでいる。とくに蓮二《れんじ》とは中学校以来、マンガがらみのつきあいだ。ちなみに、ボンフリのメンバーは全員、男子。それも高校二年生だ。またボンフリは「盆振り」ではなく「Born Free」だ。

武史が窓《まど》の外をながめていると、雪が降《ふ》り始めた。傘《かさ》を持ってきていないが、このくらいの雪なら、自転車を飛ばして帰ればだいじょうぶだろう。腕《うで》時計をみると、九時半だった。

「ヘイ、ユー！　男のくせに、リストウォッチなんかみるなって」

頭の上から屈託《くったく》のない声が降ってきた。みあげると、いや、みあげるまでもなく、蓮二だ。武史はなにもいわず、肩《かた》をすくめた。

蓮二がネイビーブルーのダッフルコートを脱《ぬ》ぎながら、前の席に座《すわ》った。

「わりい。なんか、コミケの打ち上げから帰って、ばったんきゅー、でした。ごめん」

武史がうなずきながら、前をみると、蓮二がまっ赤な目でこちらをみていた。

「ゆっくり寝《ね》てて……いいのよ」

武史《たけし》がいうと、蓮二《れんじ》は「はあ?」といって、首をかしげた。

「まあ、いいよ。時間通りにくるとは思ってないし」

「おお、すまんすまんす……」

といいかけたところで、ウェイトレスがオーダーを取りにやってきた。

「あ、ドリンクバーひとつ」

といって、蓮二はファミレスの奥《おく》のほうにいってもどってきた。カルピスとメロンソーダを持ってきている。思わず、武史は声をかけた。

「あの、混ぜないでくれよな」

「混ぜねえよ」

「こないだ混ぜてただろう」

「いや、こないだ混ぜたのは、カルピスとコーラだって。あれは、キューピッドっていう、れっきとした飲み物だぜ」

武史は、蓮二が二種類の飲み物を交互に一本のストローですするのをみながらきいた。

「コミケ、どうだった？」

「うううううう、きくな！」

「そうか、まあ、あれじゃ売れないよな」

「おお、好きにいってくれ」

といいながら、蓮二《れんじ》はストローをくわえたまま顔を上げた。しばらく息を止めて武史《たけし》をみつめていたが、顔がまっ赤になってくると、ストローを武史の顔に向けていった。

「ヘルプミー!!」

「ストロー、その状態で維持しながら、よく、そんなでかい声が出るな」

「ヘルプミー!!」

「まあ、そのストローを置いてくれ」

蓮二はストローをグラスにもどした。

「それで、なんの話だよ。いきなり元日から呼びだしたりして」

蓮二はうつむいて、ぼそっと答えた。

「まあ、なんというか、スランプでさ」

「涼子《りょうこ》のこと？」

「ちげえよ。あいつとはつきあい始めた最初っからスランプだから。じゃなくて、コミケ、コミ……」

「わかった、一度でいい。コミケがスランプなんだ」

「いや、コミケはノット、スランプ。おれがスランプなんだ。こう、なんてっか、グッとくるグッドなアイデアがナッシングなんだよ、おれのヘッドの中にさ」

武史《たけし》は、「アホ」と小声でいってから、「昔からだろ、それは」と続けた。

蓮二《れんじ》はメロンソーダを飲みほすと、またドリンクバーにいって、カカオリッチココアを持ってきた。カップをテーブルに置くと、カルピスのグラスにさしてあったストローをくわえて、武史のほうをむいた。

「ギブミー、グッドアイデア、フォー、ネクスト、コミケ、プリーズ」

「どんな？」

「ゴーストストーリー」

「なんで？」

「ネクスト、コミケ、イズ、お盆《ぼん》だから」

武史《たけし》は「幽霊話《ゆうれい》かあ」といって、カフェラテを飲みながら、しばらく考えていたが、そのうち、「どんなやつ？」

「ジャパニーズなやつ。日本の古いのがいい。お盆《ぼん》だし。だけどさ、小泉八雲《こいずみやくも》とかもうみーんな知ってるじゃん。雪女とか、耳なしホーイチとか。それに短けえし」

「いや、八雲いいかも。『鳥取のふとんの話』っての知ってるか？」

「知らねー」

「『兄さん寒かろう』『弟寒かろう』『兄さん寒かろう』『弟寒かろう』……」

「一度でいいって、さっき、おれにいったろ」

「ちがうんだ、この繰《く》り返しが怖《こわ》いんだよ、この『ふとん』は」

「あ、思い出した。知ってるわ、それ。お盆のコミケにいいのないかと思って、短編集は読んだんだ。けどさ、その話、すっごく怖えんだけど、旅人が寝《ね》てたら、『兄さん寒かろう』『弟寒かろう』って声《こえ》がふとんからしてきて、それには、こういう話があってって話でさ、ビジュアル的にぜーんぜん怖くないんだわ」

「そうか、たしかに絵的には見せ所がないな」

「ブラッドがスプラッシュして、ネックがぽんぽん飛んで、ゴーストも出まくって、グロテスクでウィアードなやつがやりてえ」

「ひとことといっとくが、英語で『首が飛ぶ』っていうときの『首』はネックじゃないから。ヘッドだって」

「オー、アイ、シー。でさ、こう、ねばっこい血がどろどろって、やつないかなあ。ジャパニーズなやつで」

「じゃあ、『四谷怪談《よつやかいだん》』とか『牡丹灯籠《ぼたんどうろう》』とかがいいんじゃないか。どっちも見せ所満載《まんさい》だぞ」

蓮二《れんじ》は肩《かた》をすくめて、両手を上げてみせた。

「それくらい、おれも読んだよ。岩崎書店のやつ。けど、両方とも有名すぎだろ。みーんな、知ってんじゃん。エブリワン・ノーズ・ゼムよ。もうちょっと有名でなくて、長えのがいい」

武史《たけし》はドリンクバーにいって、エスプレッソのダブルと砂糖《さとう》を四袋持ってもどってきた。そして砂糖を全部入れながら、

「『真景累ヶ淵《しんけいかさねがふち》』って知ってるか?」

「知らね」

「『牡丹灯籠《ぼたんどうろう》』を作った三遊亭円朝の怪談《かいだん》話なんだ。『牡丹灯籠』ほど有名じゃないけど、ずっとえぐくて、救いがなくて、暗い」

「おお、いいね。どんな話？」

「宗悦《そうえつ》って目の悪い按摩《あんま》が金貸しもやってて、深見新左衛門《ふかみしんざえもん》って侍《さむらい》に金を貸す。ところが、この新左衛門というのが毎日酒ばかり飲んでて、ろくなやつじゃない。借りた金もろくに払おうとしない。宗悦は何度も足を運んで、お金をお返しいただけませんかと頼《たの》むんだが、新左衛門はいっこうに返そうとしない。そしてある晩《ばん》、宗悦が屋敷《やしき》にいって、『今夜ばかりは、どうしても、お金をいただきたい。半分でもいいので、お返しください』という。

新左衛門のほうは、『いや、ないものはない。払えないものは払えない』。

『とはいえ、もうお貸しして三年越《ご》しになります。あんまりではございませんか。今夜という今夜は、お金をいただかないかぎり、ここからは帰りません』

『ない袖《そで》は振《ふ》れぬ、というではないか。ないものはないのだ』

押し問答を繰《く》り返すうちに、酒の入っている新左衛門はかっとなって、

『ええい、このたわけめ、切り捨《す》てるぞ』

『はあ、金を借りて、返せないから切り捨てるとおっしゃる。そりゃ、あまりに理不尽だ。切られるのが怖《こわ》くて、金貸しができるか。さあ、切れるものなら切ってみやがれ』

売り言葉に買い言葉、新左衛門《しんざえもん》は思わず、刀掛《か》けの脇差《わきざ》しを取ると、すらりと引き抜《ぬ》き、刃《は》を返して、峰《みね》打ちにした。

ぎゃっ、という悲鳴。

峰打ちっていうのは、刀の背《せ》で打ちすえること。

なんだけど、峰打ちにしたはずが、手元をあやまって、刃のほうで切りつけてしまったからたまらない。宗悦《そうえつ》は肩《かた》から胸《むね》までざっくり切られて、畳《たたみ》の上に転がった。そばでは、悲鳴をきいてかけつけた妻が、腰《こし》をぬかし、ぶるぶる震《ふる》えている。あたりには血しぶきが飛び散っている」

武史《たけし》は一気にそこまで話すと、甘《あま》ったるいエスプレッソをゆっくり飲んだ。

「それで、それで、どうなるんだ。ゴーオン、ゴーオン」

「それって、Go on のつもり? おまえがいうと、お寺の鐘《かね》の音みたいだなあ」

「それで?」

「これがきっかけで、新左衛門《しんざえもん》は呪《のろ》われ、その息子も呪われるんだけど、それに宗悦《そうえつ》のふたりの娘《むすめ》、豊志賀《とよしが》とお園《その》がからんで、さらにほかの人々を巻きこんでいくという、じつにどろどろした色と金と死の怪談《かいだん》話」

「ワオ、いいなあ。そういうの描いてみたかったんだ。あのさ、その話の怖《こえ》えとこだけつないで話にしてくれる? おれがマンガにするからさ」

「そうだな、じゃ、乗ってみるか。この話、すごく入り組んでるんだ。円朝が、殺人と、幽霊《ゆうれい》にたたられる場面をやたら入れこんでるから、少し整理してみるよ。十人以上は死んでると思う」

「よく知ってるな、武史《たけし》、えらい。だけど、なんでそんな話知ってるんだよ」

「おやじが落語が好きで、うちにCDが山ほどあるんだ。おれも好きだから、たまにきいてるんだけど、三遊亭円生《えんしょう》って落語家が、この『真景累ヶ淵《しんけいかさねがふち》』のはじめのいくつかのエピソードをやってるのがあって、これが、怖《こわ》かった。小六だもん、きいたの。だけど、おもしろくてさ、そういうのわかるだろ?」

「わかるわかる、アイ・ノー・ベリーマッチ」

「ところが、続きがないわけ。途中《とちゅう》までしかないんだよ、ＣＤが。それで、どうなるのか父親にきいてみたら、円朝の怪談《かいだん》話の本を貸してくれたんだ。『怪談牡丹灯籠《ぼたんどうろう》』『真景累ヶ淵《しんけいかさねがふち》』『怪談乳房榎木《ちぶさのえのき》』、合計三冊」

「けど、それっていつ頃《ごろ》書かれた話なんだ」

「明治時代かな」

「読めんの？」

「読めるんだな、これが。だって、科白《せりふ》とかほとんどそのままで、今でも落語でやってるんだから」

「じゃあ、明治の頃の言葉と今の言葉って、変わってないのか」

「話し言葉は案外、変わってないと思う。書き言葉はずいぶん変わったけど」

蓮二《れんじ》は「そうなんだ」と相づちを打って、グラスに三分の一ほど残っているカルピスの中に、カップのカカオリッチココアを注いだ。そして、なにかいいたそうな武史《たけし》をみて、いった。

「それ、ほんとにまとめてくれる」

「いいけど、謝礼は?」

「コミケの参加費、半分、払わせてやる」

「なんだ、それ?」

「売る冊子に、『原作:山都武史《やまとたけし》』って書いてやる。まあ、出演料かな。それから売り上げは半々。それでどうだ」

「だけど、印刷費がかかるんだろ。それを差し引いたら、ぜったいマイナスだろうが」

「印刷代は、夏のコミケのぶんはおれの誕生日《たんじょうび》プレゼントで、冬のコミケのぶんはおれのクリスマスプレゼントで、親が出してくれる」

武史は「なるほど、そうか」といって、横に置いてあったバッグを開けて手帳を取りだした。

「じゃ、予定とか立てなくちゃな!」

そのとき、蓮二《れんじ》が「ぐぅ」という声をあげた。武史が、なんだと思って、手帳から顔を上げて前をみると、蓮二が首に両手を当てて、まっ赤な顔をしている。「うぅぅぅ」首をしめられているらしい。武史は蓮二の後ろをみた。

「なんだ、涼子《りょうこ》か。殺すなよ」

「殺しゃしないよ。まだ使い道があるからね」

涼子《りょうこ》は蓮二《れんじ》の首から手を放すと、蓮二をソファのむこうに押しやってとなりに座《すわ》った。

「そういういい話に、なんで、あたしを交ぜてくれないわけ？」

蓮二は喉《のど》のあたりをさすりながら、

「ひでえな。いきなり、喉じめはねえだろうが」

「後ろのソファで、話はほとんどきかせてもらったよ。『シンケーカサネガフチ』っていうんだ。神経がやられちゃったカサネちゃんの話？　それ。おもしろそう。その話、あたしも入れて。あたしが仕切るから。だから、コミケの冊子の表紙には『原作：山都武史《やまとたけし》　デザイン：寮涼子《りょうりょうこ》』って入れてよね」

「ウェイト、ウェイト」といいかけた蓮二の脇腹《わきばら》に鋭い肘打《ひじう》ちをかまして、涼子は続けた。

「体重がどうしたのよ。ちょっと黙《だま》ってて。武史くんさ、どこか区切りのいいとこまで話をまとめて、メールで送って。それを持って、またここで打ち合わせしよ。いつ頃《ごろ》までにするかなあ……」

## 第一話　宗悦《そうえつ》殺し

新左衛門《しんざえもん》が宗悦を切り殺したのが安永二年十二月二十日。

新左衛門は下男に金をやって、宗悦の死骸《しがい》を始末させ、それまでと同じように酒を毎日飲んでいた。一方、妻のほうは、宗悦の死に様が忘《わす》れられず、気が沈《しず》んで、いやな夢をみるようになり、やせてしまった。

新左衛門と妻との間には、ずいぶん年の離《はな》れたふたりの息子がいた。上が十九歳の新五郎、下がまだ赤ん坊の新吉。ところが妻は翌年の二月あたりから、乳が出なくなってしまった。そこで門番の勘蔵《かんぞう》に頼《たの》んで、新吉を抱《だ》いて、乳をもらいにやった。

妻の具合はますます悪くなり、家事もろくにできなくなったので、お熊《くま》という女中をやとうことになった。

こうして半年がすぎた。

このお熊というのが二十九歳で、美人ではないが、愛想《あいそ》があって、よく気がきく。家のことを手際よく切り盛りして、夜になると新左衛門にお酌《しゃく》をする。新左衛門も、病気がちの妻よりは、こっちを相手にしているほうがずっとおもしろい。すぐに、ふたりは怪《あや》しい仲になる。

お熊《くま》は新左衛門《しんざえもん》に好かれているのをいいことに、わが物顔にふるまうようになる。そのうち新左衛門の子を腹に宿してからは、それこそ女主人のように好き放題するようになっていった。長男の新五郎がみかねて意見をすると、逆に煙管《きせる》でなぐられるという始末。新五郎は父親に愛想《あいそ》をつかして、冬が近づいてきた頃《ころ》、ふらっと家を出ていってしまった。

そんなある日のこと、表からピーピーという笛の音がきこえてきた。それをききつけた新左衛門が勘蔵《かんぞう》を呼んだ。

「按摩《あんま》らしい。妻の具合がよくなるよう鍼《はり》を打ってもらおうか。ちょっと連れてこい」

「へえ」

といって、勘蔵が連れてきたのが黒の羽織《はおり》を着た按摩。新左衛門の話をきくと、

「具合がよくなって、乳が出るよう、鍼を打ってさしあげましょう」

その按摩、腕《うで》がよかったのか、新左衛門の妻は少し落ち着いてきた。ならば、というので次の日も、また次の日も按摩にきてもらう。妻は次第に具合がよくなってきて、五日目。いつもと同じように、布団《ふとん》の上にあおむけに寝《ね》ていると、按摩は右手に鍼を持ち、左手で妻のみぞおちのあたりをさぐり、人差し指のさきで当たりを付けると、右手の鍼をすっと刺《さ》しこむ。とた

んに、

「きゃっ」という声。

按摩《あんま》はあわてて鍼《はり》を抜《ぬ》く。

「痛い、痛い」と、妻が訴《うった》える。

「申し訳ありません。たいそうお痛みですか」

「ええ、ひどく、痛い。まるで短剣でえぐられたような」

「そりゃ、ツボだったんでございましょう。これでご病気は回復すると存じます。あとはしばらく様子をみて」

「ああ、そうしましょう。そうしましょう。二、三日はやめましょう」

「じきに、治りますから」

そういって按摩は帰っていったが、妻のみぞおちの痛みは止まらず、そのうち、鍼を刺《さ》したところが赤く腫《は》れ、じくじくと膿《うみ》が出てきた。

新左衛門《しんざえもん》は腹立たしくてたまらず、あの按摩、今度きたら呼びつけて、こらしめてやると思っていたが、それきりくる様子はない。何週間かした頃《ころ》、夜、久しぶりにピーという笛の音がし

た。新左衛門《しんざえもん》は、

「おい、勘蔵《かんぞう》、按摩《あんま》だ。呼んでこい」

勘蔵がすぐに出ていって、按摩を連れてもどってきた。ところが、このあいだの按摩とちがって、ずいぶん年を取ってやせている。新左衛門は当てがはずれて、困《こま》ったものの、人違《ひとちが》いだったから帰れ、ともいえない。

「鍼《はり》は打てるか？」

「いえ、まだこの仕事をはじめたばかりでして、習っておりません」

新左衛門はすぐむこうに寝《ね》ている妻を指さして、

「妻が病気で伏《ふ》せっておるのだが、療治《りょうじ》はできるか」

「いえ、ご病気のかたの治療の按摩はできないのでございます」

「しょうがない。だがせっかく呼んでおいて、そのまま帰すのも悪いから、わしの肩《かた》でももんでもらうか」

「はい、かしこまりました」

按摩は新左衛門の後ろにいって肩をもみはじめた。そばにいる妻がときどき、痛みにうめき

声を上げる。新左衛門《しんざえもん》は眉《まゆ》を寄せて、

「おい、おまえも武士の妻だ。少しはがまんをしろ。そんなふうに、うなってばかりいると、治る病気も治らんぞ。うっ。ううっ、ま、待て、按摩《あんま》。痛い！　痛いぞ！　ふう、まったく下手なやつだ。はじめたばかりといっていたが、もう少し、力を抜《ぬ》いてもめ」

「はい、申し訳ありません。そんなに痛うございましたか」

「骨まで届《とど》いたぞ」

「それは、こんなふうにでございましたか」

「痛いっ！　待て待て！」

新左衛門は体をすくませた。

「いえいえ、いくら痛いといっても、指の先でもむだけでございますから、たかが知れております。そこの脇差《わきざ》しで、左の肩《かた》から胸《むね》まで切りつけられたときの苦しみは、こんなものではございませんでした」

ぎょっとした新左衛門が後ろを振《ふ》り返ると、殺したはずの宗悦《そうえつ》が骨と皮ばかりにやせた手を膝《ひざ》に置いて、うらめしそうに、みえない目でこちらをにらんでいる。新左衛門は後ずさり、立

ち上がって、刀掛《か》けにある脇差しを取りあげ、鞘《さや》から抜くと、

「おのれ、迷ったか、宗悦《そうえつ》！」

と叫《さけ》んで、切りつけた。

「ぎゃっ」という悲鳴。

門番の勘蔵《かんぞう》が駆《か》けつける。みると、返り血を浴びた新左衛門《しんざえもん》が立ちつくし、その前には肩《かた》から切られた妻が七転八倒《しちてんばっとう》の苦しみ。新左衛門はぼうぜんと、

「宗悦が化けて出たかと思ったが……」

勘蔵の目の前で、妻が息絶えた。

# 2.

ファミレスの四人がけのソファ席に、武史《たけし》、蓮二《れんじ》、涼子《りょうこ》が座《すわ》っている。

「うん、これ、いける」涼子がいった。

「ゴッシュ！　すごい、いいよいいよ。描きどころ満載《まんさい》じゃん。フルオブ、ショッキングなシーンだ。ブラッド、スプラッシュだしな。このあともこんな感じ？」

蓮二がストローを人差し指と中指ではさんで、端を親指ではじきながらきいた。

武史は飲んでいたカフェラテを下に置いた。

「そう、このあとのほうがもっと痛くて怖《こわ》いんだ」

「オーマイガー！　これよりまだ痛えのか、このあと」

「まあ、お楽しみってとこかな」

涼子は三杯目のカフェマキアートをスプーンで口に運びながら、口をはさんだ。

「蓮《れん》くん、本の体裁《ていさい》はどうするつもり」

「体裁って？」

「たとえば、一話ごとに薄《うす》い冊子にして、続きって感じにするのか、それとも何話かまとめて一冊にするのか。武史《たけし》くん、これってどれくらいまで続くわけ？」

「まとめかた次第だな。まだ全体の十分の一いってないから、十話でも十五話でもできると思う」

「じゃ、もう少し書き進めてもらって、それを読んでから、どうまとめるか、みんなで話そうか」

蓮二《れんじ》がストローを武史に向けてきいた。

「バット、新左衛門《しんざえもん》、奥《おく》さん殺したあと、どうなったんだ」

「ちょっと話を整理しておこう。

まず、新左衛門はこのあとも色々あって、お家はお取りつぶし。

門番の勘蔵《かんぞう》は幼い新吉、つまり新左衛門の次男を抱《だ》いて、大門《だいもん》にいる知り合いのところに世話になる。

お熊《くま》は女の子を産むけど、新左衛門《しんざえもん》が死んでしまったので、しかたなく深川の実家にもどる。そのうち家出していた長男の新五郎がふらっともどってくるけど、父親は死んで、お家はお取りつぶし。もう腹を切って死んでしまおうかと思っていたところを、谷中《やなか》で下総屋《しもふさ》という質屋をやっている惣兵衛《そうべえ》に助けられる。

『若い者が死ぬのなんのという心得違《ちが》いをしちゃあいけねえ。独り身なら、どうでもなる。うちにいらっしゃい』

そういわれて、惣兵衛の質屋で働くようになる。そして、宗悦《そうえつ》の次女、お園《その》にひと目ぼれをしてしまうところからが、次の話だ。ただし、新五郎もお園も、親の因縁《いんねん》はまったく知らない」

## 第二話　深見《ふかみ》新五郎

新五郎は読み書きもできれば、そろばんもできるうえに、性格もおだやかで客扱《あつか》いもうまく、なにより毎日、こつこつとよく働いた。惣兵衛も大いに気に入り、新五郎、新五郎とかわいがった。

この店には、お園という女中がいた。これがまたかわいい娘《むすめ》で、愛想《あいそ》がよく、主人夫婦にいたく気に入られていた。

新五郎はお園《その》をみるたびに、心がうずいてならない。そのうち、お園が風邪《かぜ》をこじらせて寝《ね》付いてしまうと、医者に薬を取りにいったついでに氷砂糖《こおりざとう》を買ってきたり、葛湯《くずゆ》を作ってやったり、というつくしよう。そのうち、手の空いているときには、女部屋に寝ているお園のそばにきて看病《かんびょう》までするようになった。

ある日、惣兵衛《そうべえ》は妻と話していた。

「お園の具合はどうだい」

「よくなったり悪くなったりですかねえ。わたしが見舞《みま》いにいってみると、すぐふとんの上に起き直って、もうだいじょうぶですというんですが、まだ顔色がよくないようですよ」

「困《こま》ったもんだ。看病人がいたほうがいいかもしれんが、さて」

「いえ、幸いなことに新五郎が看病しておりますよ。あれは感心な男で、仕事が終わると、薬をせんじたり、食べ物を買いにいったりと、まめまめしく世話を焼いているようです」

「なに、新五郎がお園の部屋に出入りしているというのか。それはいかん、おまえが黙《だま》ってみていて、どうする。年も二十一と十九じゃないか。あぶない、あぶない。遠くて近きは男女の仲というではないか。それなのに看病《かんびょう》となると、近すぎる」

「新五郎はあの通りの堅物《かたぶつ》ですし、お園《その》はちょっと変わり者。あのふたりに限って、なにもないと思いますよ」

そんなわけで、新五郎はしょっちゅう、お園の部屋に出入りしていた。

「お園さん、ミカンをふたつ買ってきてあげたよ。袋を食べるとお腹によくないから、汁《しる》だけ吸ってあとは出してしまえばいい。さあ、筋を取ってあげるから」

ところがお園のほうは、なぜか新五郎のことが気に入らない。親切にされればされるほど、嫌《いや》になってくる。

「新さん、お願いですから、ここにはこないでください。店の男が女部屋に入ってきては世間《せけん》体《てい》が悪いでしょう。お気持ちはありがたいのですが、どうか、放っておいてください」

お園は、やさしくしてくれる新五郎に悪いとは思うものの、なぜか好きになれない。それどころか、そばに寄られると、ぞっとしてしまうほどだった。

そのうち、ようやくお園も加減がよくなって、店で働くようになり、これで新五郎にべたべたされずにすむと思うと、ほっとした。一方、新五郎のほうはそばにいられる時間がなくなって、がっかりして、いっそまた、お園《その》が病気になってくれないかと願うほどだった。

冬になり、店の蔵《くら》の塗《ぬ》り直しが始まった。朝早くから職人がやってきては、夕方遅《おそ》くまで仕事をしていく。帰るときには、店で夕飯を出すのが決まりだ。職人は仕事が終わった順に台所に入ってご飯を食べていく。漬け物がなくなれば、お園が物置までいって、取ってくる。物置の横に蔵があって、その手前には職人が使う壁《かべ》に塗る土や、壁土に混ぜるワラなどが散らばっている。その日も、漬け物がなくなり、お園は取りにいこうと、台所を出ていった。

すると後ろから呼ぶ声がした。振《ふ》り向くと、新五郎だ。それも表情がおかしい。妙《みょう》に思い詰《つ》めた顔をしている。

「お園さん、お園さん」

「あら、どうなさったんです」

「ちょっと、ちょっとでいいから話をきいておくれ」

「いえ、いま職人さんたちが夕飯を召《め》し上がってて、忙《いそが》しいんです。あとにしてもらえませんか」

「いや、すぐにすむから」

「でも」

新五郎が近づいてきたので、お園《その》は散らばっているワラのなかを後ずさった。新五郎はかまわず前に出て、とまどうお園の肩《かた》をつかんで引きよせた。

「好きだ。もう、どうしようもなく好きなんだ」

お園はぞっとして、新五郎を押しやろうとしたが、女の力ではなんともならない。

「いやです、放してください」

新五郎は肩をつかむ手に力をこめて、抱《だ》きしめようとした。

「いやですったら。声を上げますよ」

「こんなに思っているのに」

そういいながら、新五郎はお園を押し倒《たお》した。

「あれ、だれか！　新さんが！」

新五郎は上にのしかかって、片手でお園の口を押さえた。お園は必死にあばれて逃《のが》れようとする。新五郎は思いのたけをぶつけるように、お園を抱きしめた。

そのとき、お園が必死にもがいたかと思うと、喉《のど》の奥《おく》から妙《みょう》な声をあげて、びくびくっと体

を震《ふる》わせ、くたっとおとなしくなった。新五郎が、おや、と思って起きあがると、お園《その》は白い目をむいて、上をにらんでいる。体のまわりに赤黒いものがじわじわと広がっている。目をこらすと、血のようだ。

「お園さん」と小声で呼んでみるものの、お園はぴくりとも動かない。おそるおそる、その体を抱《だ》き上げてみると、下に押し切りがあった。押し切りというのは、大きな出刃包丁のようなものを上に向けて木の台に固定したもので、束ねたワラを上から押しつけてざくざくと切る道具だ。その押し切りがまっ赤に染《そ》まっている。そして、お園の背中《せなか》には傷《きず》がぱっくりと大きな口を開けていた。

新五郎はよろよろと立ち上がった。ちょうど冬の夕日が沈《しず》みかけていて、あたりはうっすら、朱に染まっている。もとはやさしい新五郎の顔がゆがみ、体が小刻《こきざ》みにゆれる。新五郎は母屋にもどると、ここにくるとき持ってきた刀と脇差《わきざ》しを取りだし、店にあった金を懐《ふところ》に入れて、飛びだし、通りを走っていった。

# 3.

今回は涼子《りょうこ》がいちばんにきて、チーズケーキを食べながら、キャラメルマキアートを飲んでいた。そしてiPhoneで、武史《たけし》が送ってきたファイルを開いて読んでいる。

外はみぞれが降《ふ》っている。

武史がやってきて、トレンチコートを脱《ぬ》ぐと、ソファのむこうに置いて、座《すわ》った。

「やあ、早いね」

「うん」

涼子はiPhoneから目を上げずにうなずいた。

「あ、ドリンクバー、お願いします」

武史はウェイトレスに声をかけて、ドリンクバーにいき、ホットコーヒーとアッサムティーを持ってきた。ソファに腰《こし》かけると、涼子が話しかけてきた。

「最後のところ、怖《こわ》いね」

「あの押し切りのとこだろ、うん、ぞくっとする」

「想像するだけで、痛い。うちに中華包丁があるんだけど、あれを刃《は》を上に向けて置いた感じかなあ。そのうえに、押し倒《たお》されて……きゃっ！」

涼子《りょうこ》が声を上げた。後ろから両肩《りょうかた》をがっしりつかまれている。

「蓮二《れんじ》！　おどかさないでよ」

蓮二が笑いながら、涼子の横に座《すわ》った。

「こないだのリベンジだ」

蓮二は武史《たけし》のほうを向いて、

「だけど、ほんと、怖《こえ》えわ、あれ。今度はブラッドがまっ赤にスプレッドして、背景《はいけい》、夕日だし、あー、カラーで描きてえけど、それ無理だよな」

「表紙、カラーだから、それにしたら？」と、涼子。

「そうか、その手があるか」

武史はコーヒーを半分ほど飲むと、それにアッサムティーを注いだ。

「わ、なんだそれ、すっげえ、まずそう。カフィー&ティー？　よく人に、メロンソーダとカルピス混ぜるなとかいうよな」

武史《たけし》は珈琲&紅茶に砂糖《さとう》を入れてスプーンでかきまぜながら、

「これは鴛鴦茶《おしどり》という。由緒《ゆいしょ》正しい、香港《ほんこん》の飲み物だ。ちなみに、鴛鴦というのは夫婦仲がいいので有名な鳥だ。つまり、相性のいい二種類の飲み物のブレンドなんだな、これは」

涼子《りょうこ》がなにもいわず、武史のカップを取って飲んだ。

「どうだ、涼子。うまいわけないよな」と、蓮二《れんじ》。

「うん、微妙《びみょう》。だけど、しっかり紅茶とコーヒーの味がする。鴛鴦茶っていうんだ、これ」

武史がカップを取り返して、飲みながら、

「話のほう、どうだった？」

ふたり、同時に、

「こわい／えぐい」

「じゃ、このあと少し説明しとくから。

新五郎は仙台まで逃《に》げて、そこで三年ほど暮《く》らしていたけど、どうしても土地になじめず、そろそろあの事件は忘《わす》れられているだろうと思って、江戸、つまり東京の谷中《やなか》までもどってくるんだ。ところが、忘れられているどころか、奉行所《ぶぎょうしょ》はしっかり網《あみ》を張って待ち構えていた。犯人は現場に舞いもどるってやつだ。新五郎は追っ手を振《ふ》り切ろうと、屋根伝いに走って逃《に》げようとする。そのうち、ワラが積んであるところがあったから、その上に飛びおりた。ワラがクッションになってくれると思ったんだな。

　ところが、着地した瞬間《しゅんかん》、片足の半分が飛んでいった」

「えっ／うそ」

「下に、押し切りがあったんだ」

「うそ／えっ」

「蓮二《れんじ》、ここもまた血の場面だよな。マンガにここも入れるか？」

「おお、ブラッディだしな。考えとく」

「こうして、新五郎は追っ手につかまってしまう。ちょうど事件から三年目、十二月二十日のことだった」

　涼子《りょうこ》が鴛鴦《おしどり》茶をひと口飲んでから、

「結局、新左衛門《しんざえもん》が宗悦《そうえつ》を殺したってことは、お園《その》は知らないままなんだよね」

「そう、そういう設定」

「でも、それはそうとして、なんか変だよ、その話」

蓮二《れんじ》は涼子《りょうこ》の顔をみて、

「なんで？」

「だってさ、よくいうじゃん。親の因果《いんが》が子に報《むく》うって。それって、親が悪いことをして、子どもがその報いを受けて、おたがいさま、悪いことはできないね、ってことでしょ」

「エグザクトリー！」と、蓮二。

「だけど、これって、殺された宗悦の娘《むすめ》が、殺した新左衛門の息子に殺されちゃうって話じゃん」

蓮二は目を見開いて、涼子をみた。

「おめえ、天才？」

「天才でなくったって、それくらいわかるって、凡才」

武史《たけし》はにやっと笑って、ふたりにいった。

「その議論は、次の話が終わるまで待ってくれないか。次は、お園《その》の姉の豊志賀《とよしが》の話なんだ。それも十九年後、豊志賀三十九歳。いよいよ、ここから怪談《かいだん》話の始まりなんだ」

## 第三話　豊志賀《とよしが》の死

宗悦《そうえつ》の長女、豊志賀は幼い頃《ころ》から三味線を習っていて、二十歳になるかならないかのときには、かなりの弾《ひ》き手になっていた。ところが、父親がいなくなり、妹のお園が殺され、しばらくは稽古《けいこ》をする気にもなれず、毎日のようにお園の墓に参っては、家でうつうつとしていたが、そのうち、ようやく気を取り直して、三味線の稽古を始め、今では立派な師匠《ししょう》になって、弟子をたくさん取るようになっていた。

そもそも豊志賀は身持ちが固く、もう三十九になるというのにひとり住まいで、男っ気はまったくない。

それなのに、というか、それだからこそ、男の弟子が集まってくる。なにしろ、年はいっているが、いい女だ。色気がある。そのくせ、男にはなびかない。となると、おれなら、というぬぼれた男たちが次から次にやってくる。

そんなわけで、男の弟子が二十人以上、もちろん女の弟子もいるから、合わせて三十人以上。豊志賀《とよしが》は気ままに暮《く》らしていた。

そんなところに、ふっと現れたのが、新吉という若者。煙草屋《たばこや》をやっている勘蔵《かんぞう》という男の甥《おい》ということで、煙草を風呂敷《ふろしき》に包んで売り歩いていた。そして三味線が好きなものだから、暇《ひま》があると、豊志賀のところにきて習っていく。顔立ちがよく、とても愛嬌《あいきょう》があって、そのうえ、なにか頼《たの》むと、嫌《いや》な顔ひとつせずにやってくれる。男嫌《ぎら》いで通っていた豊志賀もなんとなく気に入って、そのうち、「どうせ三味線を習うなら、おじさんのうちにいるよりは、こちらにいたほうが便利でしょう」と声をかける。すると新吉もその気になって、用事がてら、数日、泊《と》まっていくことも多くなった。

その年の十一月二十日の晩《ばん》、いきなり寒くなり、みぞれがぱらぱらと降《ふ》ってきた。新吉は居候なので、二階で寝《ね》ていた。寒いのなんの、ふとんを首元まで引っぱりあげているものの、なかなか寝つけない。激《はげ》しくなってきたみぞれの勢いも、夜がふけると、少し弱まったかと思うと、今度はいきなり、ざあざあと雨が降ってきて、また寝られなくなった。

一方、師匠《ししょう》の豊志賀は下で寝ていたのだが、その晩は、異様にネズミが騒《さわ》いで寝られない。なんとなく起きあがって、二階に上がっていった。

「新吉さん」

「はい、なんでしょう」

「なんだか、ネズミがうるさくて、寝《ね》られないんですよ」

「そうですか、わたしも雨の音で眠《ねむ》れずにおります」

「なんとなく寂《さび》しい夜だね」

「はい」

「寒くない？」

「じつは、寒くて震《ふる》えています」

「なら、下においで」

豊志賀《とよしが》はそういうと、新吉のふとんを持って、下におりていった。そして自分の掛《か》けぶとんの上に半分重ねるように置いた。

「そばにきて、いっしょに寝なさい」

「それはいけません。そんな、めっそうもない」

「今夜は、こんなに寒いんだから、いいことにしましょう」

「いいえ、明日の朝、お弟子さんが早めにきて、師匠《ししょう》と寝《ね》ているのがみつかったら、それこそ、ふたりはできていると、妙《みょう》なうわさが立ちます」

「何いってるの。わたしは身持ちの堅《かた》い女で通っているし、なにより、わたしはあなたの母親くらいの年でしょう。だれもなにも思いやしませんよ。もし、それでも気になるなら、背中合《せなかあ》わせに寝ようじゃありませんか」

これをきっかけに、男嫌《ぎら》いという評判の豊志賀《とよしが》が新吉と深い関係になってしまった。こうなると豊志賀は、それまでが嘘《うそ》だったかのような入れこみよう。三十九と二十一という年の差さえ、若いからかわいい、それでいて亭主《ていしゅ》でもあって、色男のくせに、弟のようにいとおしいと、いいほうに、いいほうに感じられてしまう。好き合った男女というのは、もともとそういうものかもしれない。

男でも女でも、思いこむと一途《いちず》。それまで居候だからと、新吉が先に起きて朝ご飯を作っていたのが、豊志賀が作るようになる。それだけではない。朝食の準備が整うと、新吉の枕元《まくらもと》にいって、煙管《きせる》に煙草《たばこ》を詰《つ》めて火をつけ、「朝だよ、一服、おあがりなさいな」という始末。

そんなところに、若い娘《むすめ》がひとり弟子に入ってきた。近所の小間物屋の娘で、お久《ひさ》という。実母が死んで、意地の悪い継母に育てられているから、家にいるよりは稽古《けいこ》場にいるほうがずっと楽しい。というわけで、まめに三味線を習いにくる。

一方、男と女の間というのは、どんなに隠《かく》そうとしても隠しきれるはずはなく、とくに新吉と豊志賀《とよしが》の場合は、ふたりとも隠そうという気もないので、すぐにまわりに知れてしまった。そうなると、豊志賀を口説《くど》くのが目的でやってきている男衆が不満をいい始める。そういうわさはすぐに広まり、もとは豊志賀を争ったライバルたちも、とたんに熱が冷めて、次々にやめていく。もちろん、女の弟子も、そんなところにはいられないとばかりにいなくなってしまった。

こうしてひとり残ったのが、お久。年は十八、口の脇《わき》にできるえくぼがかわいい。いい女というわけではないが、男ぼれのする愛《いと》しい女だ。生まれつき、陽気な性格で、いつも、にこにこと人の顔をみる。新吉も、にこっとされれば、ほほえんで返す。それをそばでみている豊志賀は、わけもなく腹立たしくなる。かといって、にやにやするんじゃないと、しかるわけにもいかず、ぐっとがまんをする。それがお久相手の稽古のときになると、堰《せき》を切ってあふれてくる。

「まったく、覚えの悪い子だね。ちょいと、音が高いよ。わからないのかね。紙一枚、低くするんですよ、そこは」

といった調子で、いつもいつもしかってばかりだが、お久《ひさ》にとっては、母親よりは師匠《ししょう》のほうがまし。というわけで、毎日のようにやってくる。くるとまた、豊志賀《とよしが》はかっと頭に血がのぼるものの、くるな、とはいえず、しかたなく稽古《けいこ》をつける。それがまた、いらだちをあおる。

そのせいかどうかはわからないが、そのうち豊志賀の右目の下に、ぽつんと小さなできものができた。数日するうちに、それが次第に大きくなって、赤紫色《あかむらさき》になったかと思うと、腫《は》れあがり、やがて右目はつぶれたようになってしまう。もともと髪《かみ》の毛が薄《うす》いので、まるでお岩のような顔つきになっていった。食も細くなって、そのうち飲み物もろくに喉《のど》を通らなくなり、体はやせおとろえていく一方、腫れだけが大きくなっていく。

新吉はよくしてもらった恩《おん》があるので、まめに看病《かんびょう》をしていた。

「師匠、薬をせんじてきたから、飲みなよ」

「あい」

といって豊志賀《とよしが》は手をついて起き上がり、骨と皮ばかりの手を膝《ひざ》について、少しずつ、まるで喉《のど》に押しこむようにして、茶碗《ちゃわん》の薬を飲んだ。そしてようやく飲みほすと、ほうっ、と息をついた。

「よく飲んだね」

といって、新吉が手をのばすと、豊志賀は茶碗を返した。

「少しはいいかい」

「新吉さん、わたしはもう死にたいよ。わたしみたいなお婆《ばあ》さんを看病《かんびょう》させるのは申し訳がない。気の毒だ気の毒だと思うと、よけいに病気が悪くなってくる。だから早く死んで、おまえさんを楽にしてあげたいと思うけれど、なかなか思うようにいかない」

「つまらないことというもんじゃない。すぐによくなるよ」

「それもただの病人じゃない。この顔だもの」

「治れば、元通りになるよ」

「わたしは毎日何度も鏡をみているんだ。治るどころか、ひどくなるばかりだ。ああ、もう早く死にたい」

「よしなよ、そんな。少しは看病《かんびょう》する者の気にもなりなって」

「わたしが死んだら、おまえはお久《ひさ》さんとも好きなだけ会えるようになるしね」

新吉はため息をついた。

「そんなばかなことをいうんじゃないよ。お久さんとあやしいとでも思っているのかい」

「そんなことはないと思うけどね」

「なら、ありもしないことを疑って、あれこれいうんじゃないよ」

「でも、新吉さんはあの子にやさしいから」

「そりゃあまあ、長いこと通っているお弟子さんだし、会えば、あいそくらいはいうよ」

と、そこへ、ごめんくださいという声がきこえたので、新吉が出ていくと玄関に、なにも知らないお久が風呂敷《ふろしき》に包んだ重箱を持って立っていた。お久は新吉に「こんにちは」とあいさつして包みを渡《わた》すと、中に入った。

「お師匠《ししょう》さん、ついお店を空けられず、ごぶさたをしましたが、今日は、ちょっとおかずを作ってまいりました。相変わらず、うまくできていませんが、どうぞ召《め》しあがってください」

新吉が重箱を開けて、

「いつもありがとう。おや、炒《い》り豆腐《どうふ》の卵とじですか。師匠《ししょう》の好物ですよ」

豊志賀《とよしが》は体を起こし、ふとんの上に座《すわ》った。

「お師匠さん、ちっとはよくなりましたか」

豊志賀は、下からにらむようにお久《ひさ》の顔をみて、

「お久さん、あんたはわたしの弟子でしょう」

「はい」

「なら、どうして見舞《みま》いにこないんだね」

新吉が驚《おどろ》いて、

「なにをまた妙《みょう》ないいがかりを。お久さんは毎日きてくれているじゃないか。今回は一日空いたけど、ときには日に二度もきてくれているよ」

「おまえさんは黙《だま》っておいで。お久さんがまめにここにくるのは、見舞い見舞いといっているが、そうじゃあない。おまえさんの顔をみたいからだよ」

「そんなしょうがないことをいって。お久さん、気にしないでおくれ。師匠はちょっと気がめいっているもんだから」

「それは、よくありませんね」

お久《ひさ》は少し怖《こわ》くなってきて、そのままあいさつをして帰ってしまった。

新吉は豊志賀《とよしが》に、

「師匠《ししょう》、あれはないよ。せっかくきてくれたのに。はずかしくって、顔から火が出るかと思ったよ。若い娘《むすめ》に、あんなこというもんじゃない」

「若い娘がよけりゃ、追いかけていったらどうだい」

「ばかなことをいいなさんな」

豊志賀は細い腕《うで》をのばして、新吉の胸《むな》ぐらをつかみ、

「新吉さん、わたしが死んだら、おまえはどうするつもりだい」

といって、新吉をにらんだ。

こういうことが何度も重なるうちに、新吉もさすがに怖くなり、ある晩《ばん》、豊志賀が寝入《ねい》ったのをたしかめると、ふらっと外に出て、どこへともなく歩いていると、むこうから提灯《ちょうちん》を下げて、お久がやってきた。

「あら、新吉さん」

「おや、お久《ひさ》さんじゃないか。どこへ」

「荒物屋さんまで」

「そうですか。ああ、そうだ、こないだは師匠《ししょう》がとんでもない言いがかりをつけて、申し訳ない。まったく、師匠も最近はこまったものだ。ところで、これからどこへ」

「はい、荒物屋さんへお買い物をしに」

「ああ、そうだ。さっき、きいたばかりだった。ところで、師匠の枕元《まくらもと》じゃ、落ち着いてご飯も食べられない。どこかで食べてこようと思ったんだけど、ひとりじゃ決まりが悪いから、よかったら、いっしょにきてくれないか」

「わたしのようなものを連れていくと、外聞《がいぶん》が悪くございませんか」

「いや、なあに、ほんのちょっとの間だ。寿司《すし》屋へでもいきましょう」

「いいんですか」

「いいって」

新吉がお久を誘《さそ》って、寿司屋にいくと、二階の四畳半に通された。お久はもじもじして、

「なんだか、決まりが悪うございます」

「なんの決まりが悪いもんか。おまえさんとこうやって話せるときがくるとは思ってもいなかった」

注文を取りにきた女に新吉は、焼き海苔《のり》と吸い物とにぎり寿司《ずし》、それから酒を頼《たの》んだ。女が下がると、

「ところで、お久《ひさ》さん、どちらにいくつもりだったんだい」

「はい、荒物屋さんへ」

そのうち、肴《さかな》が出て、酒が出て、話が進むうちに、新吉が、

「大門《だいもん》にいるおじさんに、こないだちょっと相談をしたところ、下総《しもふさ》の羽生《はにゅう》村に知っている人がいるから、どうしようもなくなったら、そこにでもいくか、という話が出たんです」

「おやまあ、わたしの田舎も下総の羽生村なんですよ。それで、そこに住んでいるおじさんに、継母がぶつなぐるで、ひどいんですって手紙を書いたら、そんなところにおらんで下総にこい、という手紙をくださいました」

「芝居《しばい》かなんかだったら、ここでふたり駆《か》け落ちをして、下総へ、という話になるのかなあ」

と、新吉がため息交じりにいうと、お久が、

「あなたがいなくなったら、お師匠《ししょう》さんは看病《かんびょう》をする人がいなくなってしまうじゃありませんか」

「そうなんです。師匠には恩《おん》もあり、義理《ぎり》もあり、逃《に》げだすわけにはいきません。が、この頃《ごろ》は、顔を合わせるたびに、愚痴《ぐち》をこぼしたかと思うと、おまえはお久《ひさ》さんが好きなんだろうとなじったり、もう死んでしまいたい、いや、死んでなるものかと、わめき散らしたりで、さすがに疲《つか》れました」

「でも、お師匠さんを置いて逃げるわけには……」

「いきません。義理がありますからね」

新吉は盃《さかずき》の酒をぐっと飲むと、お久の顔をみて、

「しかし、もしお久さんが、いっしょに逃げてくれるといってくれるなら、その義理も、恥《はじ》も外聞《がいぶん》もかなぐりすてて……」

「逃げてくださるのですか」

「逃げる」

「本当？　本当にそういってくださるの」

「本当だとも」

「じゃあ、お師匠《ししょう》さんがのたれ死にしても、それでも、わたしを連れて逃《に》げてくださいますか」

「おまえといっしょなら、のたれ死にしてもかまわないよ」

「本当に？」

「本当だ、本当だ」

「ああ、不実なおかたですねえ」

新吉は胸《むな》ぐらをつかまれ、はっとした。お久《ひさ》がきれいな目で、こちらを切なそうにみている。新吉は膝《ひざ》がふるえた。そのとき、お久の目の下に、ぽつりと小さな赤い点がうかんで、新吉は、おや、と思い、顔を近づけると、みるみる赤い点が大きく広がり、腫《は》れあがり、紫《むらさき》色に変わっていった。

新吉は、わっと叫《さけ》ぶと、お久を突《つ》きはなして、寿司《すし》屋を飛びだした。そしてまっしぐらに大《だい》門《もん》のほうに駆《か》けていった。

新吉は必死に走った。走りに走って、たどりついたのが、おじの勘蔵《かんぞう》の家。戸が閉まってい

るので、殴《なぐ》りつけるようにたたいた。

「おじさん、おじさん、おじさん」

すると内から、

「なんだ、ばかに騒々《そうぞう》しいな。その声は新吉か」

「はい、そうです。早く、早く開けてください」

「いま開けるよ。そうたたくな、戸がこわれる。さあ、入りな」

新吉は中に飛びこむと、ぴしゃりと戸を閉めた。

「おいおい、いま時分なんだい。それに大病《たいびょう》の師匠《ししょう》をうちに置いたまま、看病人《かんびょう》が外をうろつくとはけしからんじゃないか」

「いえいえ、とてもあの家にはいられません」

「なんだ、その言いぐさは。師匠にあれだけかわいがってもらって、立派な羽織《はおり》も着られるようになったっていうのに、その恩義《おんぎ》を忘《わす》れて、家にいられませんはないだろう。そんな薄情《はくじょう》なおまえにいいたいことがあると、師匠が病気をおして、さっきから、ここにきて待ってるぞ。奥《おく》にいって、会ってきな」

新吉はぽかんと勘蔵《かんぞう》の顔をみて、

「おじさん、からかっちゃいけません」

「なんの、からかうもんか。師匠《ししょう》、新吉がきましたよ」

すると奥《おく》から、「新吉さん、たいそう遅《おそ》くまでどこにいってたんです」という声。

新吉が恐《おそ》る恐る、奥の障子《しょうじ》を開けてみると、寝間着《ねまき》の上に綿入《わたい》れをはおった豊志賀《とよしが》が片手をついて畳《たたみ》に座《すわ》っている。

「新吉さん、どこにおいでなさった」

「そ、そんなことより、どうして、ここへ」

「目がさめると、おまえさんがいないじゃないか。ああ、愛想《あいそ》がつきて、逃《に》げていったんだと思ってね、はっとしたんだよ。ああ、悪かった、さぞ新吉さんもいやな思いをしたに決まっていると後悔《こうかい》して、それでおじさんのところにきて、おわびをして、相談したところなんだ。わたしがいさぎよくおまえさんをあきらめて、ひとりにもどれば、またお弟子さんも増えるだろう。それでおまえさんが年頃《としごろ》の女房を持てば、わたしにとっちゃ、妹みたいなもの、月に二両や三両は助けてあげるつもりだ。これきり、ふっつり縁を切ろうと、ここにやってきたという次第。今までおまえさんに、いやな思いをさせてすまなかった。どうか、堪忍《かんにん》しておくれ。わたしはまったくの独り者で、縁者《えんじゃ》はひとりもいない身、これからも姉弟と思って、顔をみせておくれ。病気になったら、たまにでいいから看病《かんびょう》にきてくれればうれしいよ。せめて、死に水だけは取っておくれよね」

そばに座《すわ》っている勘蔵《かんぞう》がはなをすすりながら、

「師匠《ししょう》、こいつはこうみえても、まったくの子どもでして、物の道理ってものが、これっぱかしも飲みこめてねえんです。こっちも心配でならないくらいでして。おい、新吉、お師匠さんになんと言い訳をするつもりだ」

新吉は、うつむいている豊志賀《とよしが》に目をこらして、

「師匠、さっき、どこかの二階にきやしませんでしたか」

「どこの」

「寿司《すし》屋の二階です」

「いいえ」

「そうか、するとあれは、気の迷いだったのか」

勘蔵《かんぞう》が新吉をしかりつけた。

「なにをぐずぐずいっている。早く師匠《ししょう》を送っていけ。それに、師匠も、そういう話は病気が治ってからゆっくりすりゃあいいんですよ。具合の悪いときに、分かれる切れるの話はしちゃいけない」

そこへ、外から駕籠屋《かご》の声がした。

「ああ、駕籠屋さんかい。裏へ回ってくれ」

「へえ」という声。

「それじゃあ、師匠、新吉はまだ若いもんで、どうか勘弁《かんべん》してやってください。わたしがおりますから、不実なことはさせませんよ。駕籠がきました。どうぞお乗りください」

勘蔵は豊志賀《とよしが》を駕籠に乗せると、駕籠の引き戸を閉めてもどってきた。

「おい、新吉。師匠といっしょにかえんな」

「はい、わかりました。提灯《ちょうちん》をお借りできますか」

そこへ表の戸をたたく音がして、「ごめんください」という声。勘蔵が「へえ、どなたです」というと、「新吉さんはこちらにいますか。さっき声がしたと思うんですが」

新吉が戸を開けて、「はあ、どうも」というと、男が入ってきて、

「どうもじゃないでしょうが。病人を置いてもどってこないとは薄情《はくじょう》きわまりない。あちこちさがしまわったじゃありませんか。お気の毒に、お師匠《ししょう》さん、亡《な》くなりましたよ」

新吉は手を振《ふ》って、

「そんな、縁起《えんぎ》でもない。冗談《じょうだん》はよしてくださいよ」

「冗談なもんか。家内が見舞《みま》いにいったところ、声をかけても返事がないから、上にあがってみたら、事切《ことき》れていたんだ。近所は大騒動《おおそうどう》だ」

新吉が首をかしげてうなっているところに勘蔵《かんぞう》がもどってきた。

「おじさん、師匠が亡くなったって」

「ばかなことをいうな。師匠は駕籠《かご》に乗ったばかりじゃないか」

それをきいた男が新吉に、

「あんたを慕《した》ってここまで、きたのかもなあ」

新吉はぶるっとふるえて、「おじさん、おじさん」と呼びかける。勘蔵はいらいらして、

「新吉、師匠《ししょう》を連れてこい」

新吉が裏にいって、駕籠《かご》の引き戸を開けると、中は空っぽ。新吉はのけぞって、尻《しり》もちをついた。駕籠屋も、中をのぞいて首をかしげている。そこへ、「どうしたんだ、いったい」といいながら勘蔵《かんぞう》もやってきて、目を見張った。

「おじさん、おじさん」

「おじさんは一度でいい。しかし、これは……」

「おじさん、おじさん、師匠はわたしをうらんできたんでしょうね」

「あたりまえだ。あんなに大事にしてもらったというのに、死にかけた師匠を放って、夜中に出歩いてりゃ、そりゃあ、うらみたくもなるだろう」

新吉と勘蔵は、知らせにきた男と三人で師匠の家に急いだ。布団《ふとん》に横たわっている豊志賀《とよしが》の顔は腫《は》れていたのが嘘《うそ》のようにもとにもどっていたが、そのせいで、うらめしそうな表情はよけいにはっきり読み取れた。

# 4.

ファミレスでは、涼子《りょうこ》が武史《たけし》を相手につばを飛ばしてしゃべっている。

「ここんとこ、すごい。作者の円朝、すごいよね。女の嫉妬《しっと》が、男の不安と嫌悪《けんお》を誘《さそ》って、男がうんざりして、それを感じてまた、女が嫉妬するって構造。いいな、こういう女って」

そばできいていた蓮二《れんじ》が、

「なんだよ、それ。女のジェラシーが、こう、なんていうか、スパイラルアップしちゃって、相手の男に嫌《きら》われて、また、それでジェラシーが燃えあがるってのが、いいのか」

涼子はにっこり微笑《ほほえ》んで、蓮二をみつめ、

「うん、嫉妬に燃えたい！　ねえ、燃えさせて！」

武史は、紅茶二にココア一を混ぜた、自称「初恋」をすすりながら、

「嫉妬で身を滅ぼすって、好き？」

「ううーん、それ、微妙《びみょう》。嫉妬《しっと》で身を滅ぼすほどの恋をしてみたいけど、身を滅ぼす寸前で救われたい」

蓮二《れんじ》はドリンクバーにいって、コーヒーとココアを持ってもどってきた。ココアを半分飲み、コーヒーを半分飲んでから、残りを混ぜ合わせた。自称「チョコレート・コーヒー」だ。あくまでも、コーヒーのほうに力点がある。蓮二は武史《たけし》のほうをみて、

「Frailty《フレイルティ》, thy《ザイ》 name《ネイム》 is《イズ》 woman《ウーマン》.」

武史がびっくりして、飲みかけの初恋を吹《ふ》きだした。

「なんだよ、いきなり。なんで、いつものジャパングリッシュからBBCになるんだよ。なんでいつものレベルからハイジャンプして、そこにいくわけ?」

「わりいわりい。これ、父親がよくみてる、古ーい、古ーい、『ハムレット』って映画に出てくるハムレット役のローレンス・オリヴィエって俳優の口まね。『弱き者、なんじの名は女』とかって意味らしいんだ」

するとと涼子《りょうこ》が、

「女の子ってのは弱い存在だから、いたわってやりなさいって意味? それって古すぎ!」

「ブー！　女はばかって意味らしいぜ。父親の説明によるとさ」

武史《たけし》がしばらくして、

「だけど、この話は、男はばかって話で続いていくんだ」

「え、じゃあ、Frailty《フレイルティ》, thy《ザイ》 name《ネイム》 is《イズ》 man.《マン》って話？」

## 第四話　お久殺《ひさごろ》し

葬儀《そうぎ》が終わり、豊志賀《とよしが》は小石川の寺に埋葬《まいそう》された。勘蔵《かんぞう》から、墓参りにいけいけといわれるものの、新吉は怖《こわ》いので、なるべく昼間にいくようにしていた。ところがちょうど三七日《みなのか》（死後、二十一日目）にあたる八月二十六日は用事があって、少し遅《おそ》くなり、三時過ぎに、新吉は花を持って豊志賀の墓に参った。すると、先に、だれかがそこでおがんでいる。だれだろうと思って、よくみるとお久だった。

「あら、新吉さん」

「お久さんじゃないか。また、どうして」

「お師匠《ししょう》さんにはちゃんとお墓参りをしようと思って、七日七日には必ず参ってます」

「ああ、そうか、それはありがたい」

「そういえば、新吉さん、このあいだはひどいじゃありませんか。お寿司《すし》屋さんの二階にわたしを置きっ放しにして」

「ああ、申し訳ない。急用を思い出して、つい飛びだしてしまいました」

「もう、びっくりしましたよ。わたしを突《つ》き飛ばして、階段を駆《か》けおりていくんだから。わたしはひとり残されて、ばつが悪いもんだから、お寿司屋さんには適当に言い訳をして、握《にぎ》りは折に入れてもらって持って帰りました」

「それは大変、悪いことをしました」

といいながら、新吉はお久《ひさ》の顔をしげしげとみた。みるたびに、かわいいと思う。

「あれは、やはり気のせいだったか……」

「なんですか」

「いや、なんでもないんだ」

お久はにっこりほほえんだが、すぐにその笑顔がくもった。

「ねえ、新吉さん、ひとつ愚痴《ぐち》をきいてもらってもいいかしら」

「ああ、どんな愚痴でも」

「こないだ、お寿司《すし》屋さんで話したことなんです。いまお世話になっているお母さん、本当にひどいんです。少しでも気に入らないことがあると、ぶつ、なぐる、蹴《け》る。それに、あれをしろこれをしろと次々に仕事をいいつけてくるし。もう下総《しもふさ》のおじさんのところにいこうかと思っているんです」

新吉はお久《ひさ》の目をみて、

「じゃあ、いっしょにいきますか」

「本当につれていってくださるんですか。本気で、そういってくれるのなら、ぜひ、ぜひ、お願いします。あちらにいけば、おじさんに頼《たの》んで、新吉さんのことはなんとかしてもらいますから。どうぞ、どうぞ」

新吉はうれしさ半分、こわさ半分で、お久の顔をみつめた。お久の目にかすかに涙《なみだ》がうかんでいる。こわさは、ふっと消えた。

「新吉さん、ここに少しですがお金を持っています。これくらいあれば、下総まではいけます。いっそ、このまま……」

ふたりは墓場からそのまま駆《か》け落ちをして、松戸《まつど》へいって宿屋に泊《と》まり、次の日は流山《ながれやま》から花輪村鰭ヶ崎《はなわむらひれがさき》へ、そこから、さらに水街道《みずかいどう》へ。そして川を渡《わた》れば羽生《はにゅう》村というところまでやってきた。それが八月二十七日の晩《ばん》で、ふたりは土手ぞいに歩いていった。あたりはまっ暗で、ぽつぽつと雨が降《ふ》ってきた。そんな中を細い橋を渡って、むこうの土手に着く。次第に雨が強くなり、遠くで雷《かみなり》がひびき始めた。

「新吉さん」

「なんだい」

「こわい」

「だいじょうぶ、この先はもう羽生村だといっていたじゃないか」

「でも暗くて、こわくて、足がすくんで」

「じゃ、手を貸そう、ほら」

「はい」

といってお久《ひさ》は、手をのばした拍子《ひょうし》に足をすべらせ、土手の上から転げ落ちて、悲鳴をあげた。

「どうした」

新吉があわてて下りていく。

「新吉さん、膝《ひざ》が、膝が痛い」

「いったい……どこを……」

新吉がさわると、お久《ひさ》の膝のあたりがぬるぬるしている。あたりを手でさぐってみると、草刈《か》り鎌《がま》があった。草を刈りにきた人が帰るとき、鎌を目印代わりに地面に突っこんでいくことがよくある。そして次の日にやってきて、そこからまた草を刈るのだ。その鎌で膝をざっくりやられたらしい。

新吉は持っていた手ぬぐいを細くねじると、傷《きず》の上をきつくしばった。

「ああ、少し楽になりました」

「よかった。それにしても、こんなところに鎌を置いておくなんて」

新吉は鎌を手に取った。

「もう少しのがまんだ。おぶってやりたいが、包みをしょっているからおぶえない。肩《かた》につかまって。ほら、歩けるかい」

お久《ひさ》は足を引きずりながら、歩きだした。

「新吉さんは、やさしい人ですね。こうやってこれからふたりで、いっしょに暮《く》らせるかと思うと、うれしくてたまりません」

新吉は頬《ほお》がゆるんできた。

「でもね、男ぶりはいいし、女にはもてるし、浮気者だから、いい女ができて、わたしに愛想《あいそ》をつかしたらどうしようって、今から心配でならないの」

「ばかなことをいうもんじゃない。こんなに好き合っているというのに、何をまた」

「でも、見捨てられそうな気がしてならないの」

「どうして、そんなことを」

「だって、こんな顔になってしまったから」

新吉がふとそちらに目をやると、お久のかわいらしい顔の目の下にぽつんと赤い点がうかび、みるみる腫《は》れあがっていった。そこへ、ぴかっと稲妻が走った。お久の顔が白く、赤く、うかびあがった。

「豊志賀《とよしが》！」

新吉は叫《さけ》ぶと、手に持っていた鎌《かま》を振《ふ》り回した。その先が、すぱっとお久《ひさ》の喉《のど》を切り裂《さ》く。お久は喉から血を吹《ふ》きながら、きりきり回って、倒《たお》れ、草をつかんで、息絶えた。

いきなり雨がすさまじい勢いになり、雷鳴がとどろき、黒い雲をずたずたにしながら稲妻が走る。

新吉は人を殺したことにおののき、震《ふる》えながら走ろうとするが、土手の土は雨でぬめり、ずるっとすべって転んでしまった。足を取られながら、なんとか立ち上がったかと思うと、目の前の草むらから、黒い人影が立ち上がった。ほおかぶりをしている。新吉は肝《きも》をつぶして、あっと声をあげ、尻《しり》もちをついて、前を見上げるが、暗くて相手の顔はわからない。いきなり稲妻が光ったが、むこうもなにかやましいところがあるのか、顔をそむけた。しかしまた暗くなると、さっと前に出てきて新吉の襟《えり》をつかんだ。新吉はなにがなんだかわからず、死にものぐるいになって相手の顔をかきむしった。思いがけない反撃《はんげき》にあった男はひるんで手を放した。新吉は背《せ》をむけて駆《か》けだしたが、そのとたん、また足をすべらせて転んだ。すぐに後を追ってきた男は、新吉につまずいて、うつぶせに倒れた。新吉はなんとか立ち上がると、今度はすべらないようにゆっくり走りだした。が、足をつかまれて、あおむけに転がった。男が上にのしかかろうとする。新吉が膝《ひざ》を蹴《け》りあげると、相手の股間《こかん》に命中し、男はうめいてうしろにのけぞって、倒《たお》れた。新吉が取り落とした包みを手探りでさがしていると、今度は男がわきから飛びついてきた。

そのときすぐそばの大木がすさまじい音を立てて砕《くだ》け散り、あたりがまっ白になった。太い枝が飛んできて男の背中《せなか》を打つ。男はうめいて、しばらく立ちつくしたまま動けなくなった。そのすきに新吉は包みをかかえて土手をはい上がり、どこがどこかわからないまま、畑や田んぼの中を走った。いったいどれくらい走ったかはわからないが、雷《かみなり》は遠くへ去っていき、雨脚《あまあし》も弱くなってきた。あたりに人の気配はない。新吉がほっとひと息ついて、目をこらすと、遠くのほうに一軒、茅葺《かやぶ》きの家がみえる。新吉はすっかり疲《つか》れて動かない足を引きずるようにして、そちらに歩いていった。

# 5.

ファミレスの窓際《まどぎわ》のソファ席に、涼子《りょうこ》と武史《たけし》と蓮二《れんじ》が座《すわ》っている。蓮二が、人差し指と中指ではさんだストローの端を親指ではじきながら、

「問題っていうか、マンガ描く身として、つまり、コミックライターとして一番の課題は、顔の腫《は》れあがった豊志賀《とよしが》をどう描くかってことだな」

武史があっさりと、

「ライターってのは作家だから。コミックライターって、喜劇作家とか、ユーモア作家のことだよ。マンガ家は、カトゥーニストか、コミック・アーティスト」

蓮二の親指がぴたっと止まった。

「まじい。こないだのコミケの同人誌、コミックライターって書いた」

「中学生級の間違《まちが》いだね」

涼子《りょうこ》はそういうと、ストロベリーティーをひと口飲んで、

「でも、それって大きいよね。豊志賀《とよしが》の顔をどう描くか。怖《こわ》くなくちゃいけないでしょ」

「いや、怖いっていうより、醜《みにく》い感じじゃないのか」と、蓮二《れんじ》。

「怖いと醜いって、どうちがうんだ」と、武史《たけし》。

「醜いっていうのは、まず普通は顔のことだよね」と、涼子。

「だな。醜いはアグリーだろ、ビューティフルの反対」と、蓮二。

武史は鴛鴦茶《おしどり》をすすって、

「英語のことわざに、Beauty is only skin deep.っていうのがある。つまり、美人美人っていうけど、皮一枚の問題だろ、という意味で、日本語だと、『見目《みめ》より心』、って感じ。中身がかんじん。本の顔は表紙だけど、表紙で本を判断しちゃいけない、とか、いろんなふうに使われる」

「いや、それちがうって。同人誌描いてて、いっつも思うけど、ぜーったいに表紙！　カバーだよ、カバー！　おれ、表紙だけで買った本、山ほどあるぜ」

武史は蓮二のグラスを指さした。

「それ、味は？」

「絶妙《ぜつみょう》とはいわないが、微妙《びみょう》にうまい。この味がわかる女の子とつきあいてえ」

「それ、メロンソーダにオレンジジュース混ぜたやつだろう。みるからにまずそうだ。ところが、蓮二《れんじ》はうまいという。見た目はどれくらい重要なんだ」

「アウチ、鋭いとこついてきたな。生ガキ、うまいしな。ウニもうまいしな。ホルモン、うまいしな。ナマコは……微妙だ」

涼子《りょうこ》が口をはさんだ。

「たとえば、スピルバーグ監督《かんとく》の『ET』って映画があるじゃない。あのETって、もろアグリーだよ。変だし。それが、話が進んでいくうちに、いつの間にか、いとしく思えてくるとこが、あの映画の素晴らしいとこだと思うわけ。ってことは、やっぱり、Beauty is only skin deep. なのかも。だから、新吉だって、豊志賀《とよしが》のことを心から好きで、それまでのことをありがたく思ってたら、絶対あんなことできないと思う」

するとと武史が、

「そこが難《むずか》しいと思うんだ。というのは、円朝の原作を読むと、たしかに、新吉って男は表面しかみてない、薄《うす》っぺらなやつで、ひどいことを重ねていくんだけど、今回のところでは、豊志賀が新吉とお久《ひさ》の仲を疑って、嫉妬《しっと》して、ねちねち当たって、新吉がうんざりしているうちに、かわいいお久に目がいってという流れなんだよ」

「だからって、かわいいお久に目がいくとこが、だめでしょ」

「そうかなあ。新吉の気持ちもわかるけどな」

「男って、やっぱり、かわいい女に弱いのよね。いっとくけど、女はそういう目で男をみないから。少なくとも、あたしはね。人生、どっちが勝つと思う?」

「ビー・クワイエット」と、蓮二《れんじ》が割ってはいって、「議論は、そこまで。問題は豊志賀《とよしが》の腫《は》れた顔をどう描くかだ」

「日本画の松井冬子」と、涼子《りょうこ》。

「恐怖《きょうふ》マンガの楳図《うめず》かずお」と、武史《たけし》。

「じゃ、両方をうまく取り入れてブレンドすることにしよう。メロンソーダにオレンジジュースだな」と、蓮二。

「どっちがどっちだよ」

「ありえなくない?」

外は土砂降《どしゃぶ》りで、トラックが水をはね散らして走っていく。

## 第五話　お累《るい》の婚礼《こんれい》と勘蔵《かんぞう》の死

新吉はようやくのことで茅葺《かやぶ》きの家の前までいった。戸のすき間からのぞくと、たき火の明かりがみえる。

「ごめんください」

「だれだぁ」

「はい、わたしは江戸からまいったのですが、この付近まできたところ、雨と雷《かみなり》で道がわからずこまっています。ちょっと屋根をかしていただけませんでしょうか」

「はあ、そりゃ、まあ、お入りなせえ」

「ありがとうございます」といって、新吉がなかに入ると、粗末《そまつ》ななりをした老人がたき火の前に座《すわ》っていた。

「できれば、今夜ひと晩《ばん》、泊《と》めていただけるとありがたいのですが」

「泊めるも泊めねえも、ここはおれの家でねえからね。そのうち、ここの主が帰ってくるかもしれねえ。いろりのそばで、ぬれた着物を乾かして、煙草《たばこ》でものんで休んでなせえ」

「ここは、ほかの方のおうちでしたか」

「ああ、そうだ。おれも雨に降《ふ》られて、駆《か》けこんだとこだ」

「ここの方は、いつ頃《ごろ》おもどりになりましょうか」

「さあ、いつ帰ってくるか。二、三日でもどってくることもあれば、二十日くらいここを空けてることもあるし。まあ、やくざな遊び人さ」

「はあ」

「甚蔵《じんぞう》って、しょうもねえ野郎で、村じゃ、マムシと呼ばれている嫌《きら》われ者だが、使い方によりゃあ、役に立つ男だ」

そこへ、がらりと戸を開けて入ってきたのが、当の甚蔵。

「うわさをすりゃ、なんとやらだ。おい、帰ったか」

「ああ、帰った帰った。ひでえめにあった。村で丁半博打《ばくち》をやってたら、いきなり手入れがあってなあ、あわてて飛びだして、雨のなか、土手の草むらに隠《かく》れたよ」

「おれもさっき、降られて、雨宿りさせてもらっているとこだ」

「まあ、開けっ放しの家だ、好きに使ってくれ。ところで、そこにいるのは何者だ」

新吉はぺこりと頭をさげて、

「はい、江戸の者で、商いをしている新吉と申します。あいにくの天気にたたられ、ここにおじゃまさせていただきました。どうぞ、ひと晩《ばん》、泊《と》めていただければ幸いでございます」

「いい若い者じゃねえか。泊まっていきねえ。留守ばかりしてるから、食い物はねえが、雨をしのぐ屋根はある。まあ、そこらに転がってくれ」

「はい、ありがとうございます」

甚蔵《じんぞう》は、知り合いの男のほうをみて、

「さっき、人殺しがあってな」

「物騒《ぶっそう》だなあ。いってえ、どこで」

「土手の草むらに隠《かく》れていたら、女の悲鳴がきこえた。まちげえねえ、ありゃあ、殺されたときの声だ」

「おっかねえ、本当か」

「ああ、嘘《うそ》ついてどうする。その野郎が村に盗《ぬす》みにでもやってきちゃまずいと思ってな、こっそり出ていって、襟首《えりくび》をつかんで引きずり回してやったんだが、すぐそばに雷《かみなり》が落ちて、びっくりして、取り逃《に》がしちまった。いまいましいったらありゃしねえ」

「おっかねえ、おっかねえ。そんな話をきいたんじゃ、怖《こわ》くて帰れねえよ」

「なあに、だいじょうぶだ。いくら強欲な強盗《ごうとう》でも、おめえみたいなじいさんを殺しゃしねえよ。さあ、雨もやんだ。安心して帰った帰った」

「そうかあ。じゃあ、畑で野菜がなったら、持ってくるべえ」

そういって、老人は出ていった。

甚蔵《じんぞう》は新吉をみて、

「おめえ、江戸からどうやってきた。船か？」

「いえ、水街道《みずかいどう》から歩いてまいりました」

「途中《とちゅう》の土手で人殺しに会わなかったか」

「はい、運よく」

「そりゃ、よかった。こいつをみてみろ。女を殺した野郎が放りだしていった鎌《かま》だ」

甚蔵が巻きつけてあった手ぬぐいをほどくと、なかから鎌が出てきた。

「こいつで殺しやがった。雨でだいぶ洗われたが、ほれ、まだ血がしみついてらあ」

甚蔵《じんぞう》がぐっと鎌《かま》を突《つ》き出した。新吉は「ひっ」と声をあげて、思わず、後ずさった。

「この鎌でやりやがった」

そういうと甚蔵は奥《おく》のほうに鎌を放った。

「薄気味《うすきみ》の悪い夜だ。泊《と》まっていくがいいや」

「いえ、雨もやみましたし、そろそろおいとましようかと……」

「これからいったって、村にゃ旅館もなにもねえや。おれもじつは本郷菊坂《ほんごうきくざか》生まれの江戸っ子なんだ。ちっとばかし博打《ばくち》の才能があってな、ちょくちょく出かけていっちゃ、小銭を稼《かせ》いできてる。で、留守が多い。おめえさえよけりゃ、ここの留守居《るすい》をしてくれねえか。商いをしてたっていうじゃねえか。ここに荒物や駄菓子《だがし》を並《なら》べりゃ、けっこう売れるぜ。野菜や花を売りにくる連中が休んでいくんだ。そうしてくれりゃ、家は片づくし、いつ帰ってきても、火はあるし、気持ちがいい。おれは土手の甚蔵っていって、村の連中とは話が合わなくてな。そこは江戸っ子だ、相手が江戸っ子でなくちゃ、ろくに口がきけねえ。おれは江戸で食い詰《つ》めて、ここに流れてきた。親も兄弟もいねえ。よかったら、おれと兄弟分にならねえか」

新吉はようやく気持ちが落ち着いてきて、

「はい、わたしは新吉と申します。そういうことでしたら、ぜひ、お引き立てください」

「よし、そこはおたがい江戸っ子だ。話は早いにかぎる。兄弟分の固めをしようぜ」

「はい、お役に立てるかどうかわかりませんが、いっしょうけんめい努めます」

「おめえ、いくつだ」

「はい、二十二でございます」

「いい男だな。ま、それはいいとして、固めの杯ってのは酒がいるが、ここにゃ、酒がねえ。茶碗《ちゃわん》に番茶を入れて、かわりにしよう。おれが先に飲むから、半分、おめえが飲め」

甚蔵《じんぞう》は薬罐《やかん》から急須《きゅうす》に湯を注いで茶碗につぐと、半分飲んで、差しだした。新吉は出された茶碗を受け取るとき、甚蔵の右の腕《うで》に気味の悪い赤黒いあざがあるのに気がついた。

「はい、喉《のど》がかわいておりました。ありがたくいただきます」

新吉が茶碗を返すと、甚蔵はにやっと笑って、

「ようし、これで兄弟分だ、いいな」

「はい」

「兄弟になったからには、弟は兄貴に隠《かく》し事をしちゃいけねえ」

「はい」

「おたがい、なんでも打ち明けるのが兄弟だ、そうだな」

「はい」

「なら、きくが、今夜土手で女を殺したのは、おまえだな」

「はい」

と答えた新吉は、はっとして、甚蔵《じんぞう》の顔をみた。それから激《はげ》しく首を振《ふ》って、「いえ、ちがいます。そんなことは……」といいかけたが、甚蔵に笑い飛ばされた。

「殺したのは自分だと、その顔に書いてあらあ。さっき、鎌《かま》をみたときの様子ですぐにわかった。やい、いまさら隠し立てすんじゃねえ。さっさと吐《は》きやがれ、てめえ、なんで、女を殺した。金が目当てか」

「いえ、あれはわたしの女房です」

「女房だと。そんじゃあ、ほかに女ができて、邪魔《じゃま》になったか」

「そうではありません」

新吉はしかたなく、豊志賀《とよしが》とのなれそめから話し始めた。長い話を、甚蔵《じんぞう》は眉間《みけん》にしわを寄せてきいていたが、きき終わると口を開いた。

「それじゃあなにか、おめえは豊志賀とやらにたたられているっていうのか」

「はい、おそらく、そうなのだと思います」

「まいったまいった。とんだやつを拾っちまった。銭の代わりに幽霊《ゆうれい》をしょってるとはな。薄《うす》気味《きみ》悪いったら、ありゃしねえ。そっちにいって寝《ね》やがれ」

甚蔵は吐《は》き捨《す》てるようにいうと、奥《おく》のほうに放ってあった鎌《かま》を取りあげて、たき火の明かりにかざした。

「こいつは村の者の鎌だ。さて、どうするか」


甚蔵の家に転がりこんで一週間ほどしたある日のこと、新吉は一キロほど離《はな》れた村まで歩いていった。農夫がふたり話しこんでいる。

「どこへいくんだと？」

「三蔵さんとこの法事だよ。こないだ土手で女が殺されて川に放りこまれただろうが。引き上げてみたら、お守りんなかに名前を書いた札が入ってて、三蔵さんの姪《めい》っ子だってわかったんだと。江戸で、母親にいじめられて、訪《たず》ねてきたところを、盗人《ぬすっと》に襲《おそ》われて殺されたらしい。三蔵さんは、なんにしろ親切な人だから、ねんごろに弔《とむら》って、お寺に葬《ほうむ》ってやったって話だ。それで、今日はその姪っ子の初七日《しょなのか》だ」

「そうかあ。それで、ぎょうさんな人が三蔵さんとこにいっとるんか」

「そうとも、そうとも」

それをきいた新吉は声をかけた。

「あのう」

「ああ、びっくりした、どっから出てきた」

「あの、すみません。その土手で殺されたという女の人は、どこのお寺に葬られたのでしょう」

「ああ、法蔵寺《ほうぞうじ》ってえ寺だよ。だれでも知ってるだ」

「はい、ありがとうございます」

新吉は心の底にやましい気持ちがわだかまっていたので、すぐに花と線香を持って、法蔵寺の墓場へいった。そしてしばらくさがしたが、それらしい墓がみつからない。寺の住職にきけばいいのだが、なんとなく気が引けて、それもできない。まごまごしているところにやってきたのが、年の頃《ころ》は二十歳か二十一、髪《かみ》を大島田《おおしまだ》に結い、色が白く、鼻筋の通った、二重まぶたの娘《むすめ》。着物もいいものを着ている。赤ら顔で大柄《おおがら》な女中が、手桶《ておけ》を下げていっしょに歩きながら、その娘に話しかけている。

「それにしても、だんなさまはかわいそうだねえ。お久《ひさ》さまが訪《たず》ねてきたってのに、顔もみせねえで死んじまって、なんとふびんなやつだと、泣いてただよ」

それをききつけた新吉は近づいていって、女中に、

「少々、おたずねしたいことがございます」

「なんだ」

「その、土手で殺された娘さんのお墓というのはどれでしょう」

「ほれ、その墓だ。知り合いか」

「いえ、知り合いではないのですが、じつはつい最近、知人の娘さんがやはり物盗《ものと》りに襲《おそ》われて亡《な》くなりまして、とても他人事とは思えず、お花でもそなえようかと思いまして」

「あれまあ、奇特《きどく》な人だねえ」

新吉は軽く頭を下げて、顔をあげる。と、そばにいた娘《むすめ》と目が合った。娘のほうは、さっと目をそらしたものの、田舎ではみかけないあか抜《ぬ》けた新吉のほうへ、つい、ちらちらと目がいってしまう。新吉も、いい女だなと思って、じっとみつめるうちに、

「もし、お嬢《じょう》さん、このお墓の娘さんは、お身内でございますか」

「はい、そうなのです」

娘がもじもじしながら答えると、墓場のシキミのさしてあるところから、長さ一メートルほどの蛇《へび》が鎌首《かまくび》をもたげてはってきた。娘が「あっ」と驚《おどろ》いて、新吉の手にすがりつくと、蛇は墓をぐるっとまわって草の茂《しげ》みに入っていった。娘と新吉は手をにぎり合ったまま、横目で相手をみる。そんなことには気づいていない女中が、

「おめえさんは、どこに住んでるんだね」

「土手の近くの妙《みょう》な家にやっかいになっています」

「土手の妙な家っていうと、甚蔵《じんぞう》のとこかい」

「はい」

「まあ、あんな悪党のところに。それより、こっちのお屋敷《やしき》に遊びにおいでなせえよ。お嬢さ

まは、江戸に奉公《ほうこう》にいっとって、この頃《ごろ》、帰ってきたばかりでね、このへんには話し相手がなくて、さびしいいうとります。お屋敷《やしき》には、本も浮世絵もあるし、お嬢《じょう》さまは三味線もうめえよ」

そうこうするうちに雨が降《ふ》ってきたので、女中が寺で番傘《ばんがさ》を二本借りてきた。娘《むすめ》と新吉は相合い傘。屋敷の前で別れた。娘はうちにもどってからも、新吉の顔が忘《わす》れられず、それが何日も続くうちに、次第にやつれていった。

そんなある日、甚蔵《じんぞう》が屋敷にやってきて、「ごめんください」と門口から声をかけると、ちょうどそばにいた三蔵が、

「だれだい」

「へえ、旦那《だんな》、ごぶさたしてました」

「甚蔵か、いったいなんの用だ」

「じつは折り入って、お話がありまして。ちょっと中に入れてもらってもようござんすか」

三蔵が中に招き入れると、甚蔵が早速《さっそく》、

「こないだ、若い娘さんをみかけましたが、ありゃ、妹さんですかい」

「ああ、そうだ。江戸から帰ってきた」

「べっぴんですねえ」

「話ってのは、いったいなんだい」

「ちょっと金が入りようになりましてね。こいつを買ってはもらえませんかねえ」

「うちは質屋だから、値打ちがあれば、相応の値段で質に取るなり買い取るなりするよ」

「まあ、つまらねえ物ですがね」

甚蔵《じんぞう》はそういって、巻いてある手ぬぐいをとって、赤錆《あかさび》のういた鎌《かま》を出した。三蔵が眉間《みけん》にしわを寄せて、

「これか」

「へえ、これです」

「こんなもの、買いようがない。新品を買ったところで、百文《もん》くらいだ。これでいくらほしい？」

「どうか二十両ばかり」

「ばかいっちゃいけない。こんな錆《さ》びた鎌で二十両も出せるもんか」

「旦那《だんな》、この鎌《かま》、ただの鎌じゃあ、ありませんぜ」

三蔵はため息をついて、

「どこがただの鎌じゃないというんだ。どこからどうみても、ただの鎌じゃないか」

「まあ、この柄《え》のとこをみておくんなさい」

三蔵が手に取って、柄をみると、丸のなかに三の字の焼き印が押してある。

「こりゃ、うちの鎌だ。このあいだ、与吉《よきち》に持たせたやつだが、それがどうした」

「どうしたもこうしたも、それが二十両でさあ」

三蔵はけげんな顔で甚蔵《じんぞう》をみた。甚蔵はにっと笑って、

「こないだ娘《むすめ》が殺された晩《ばん》のこと、博打《ばくち》のまっ最中に、ご用だ、ってんで逃《に》げだして、土手の草んなかに隠《かく》れてたんですよ。するってえと、土砂降《どしゃぶ》りの雨のなか、女の悲鳴がきこえて、出ていってみたら、だれかが女を殺して金を盗《ぬす》みでもしたのか、この鎌が転がってました。刃《は》にべったり血糊《ちのり》がついていて、拾い上げてみりゃあ、丸に三の字。旦那の家の焼き印じゃありませんか。こんなものが表に出ちゃあ、大変なことになる。いつもお世話になっている旦那へのご恩《おん》返しと思って持って帰りました。まさか、旦那の家の者が殺したとは思えねえが、世間っ

てのは口さがないもの、妙《みょう》なうわさが立たねえともかぎらねえ。あの娘《むすめ》は旦那《だんな》の姪《めい》だってんで、死骸《しがい》を引き取って、葬式《そうしき》もしてやったって話ですが、それだって、ありゃあ、殺したあとで世《せ》間体《けんてい》が悪いからじゃあねえかと勘《かん》ぐる連中だっているかもしれません。そう思いやこそ、親切心から、あの鎌《かま》をこっそり持って帰ったってわけです。この親切心をどうか二十両で買ってくれませんかかねえ」

「おまえにかかると、まるでおれが殺して死骸を引き取って葬《ほうむ》ったようにきこえるな」

「めっそうもねえ。そんなことはこれっぽっちも考えてません。ただ、火のないところにも煙《けむり》を立てるのが世間ってもんだ。それを心配して、鎌を持って帰った、その親切心を買っておくんなさいよ」

といって、甚蔵《じんぞう》はにやにやしている。

「おまえにかかっちゃ、かなわない。金はやるから、その口は閉じておけ」

「へえ、この甚蔵、口が裂《さ》けても、めったなことはいいません」

三蔵は鎌を受け取り、二十両を渡《わた》した。

その晩《ばん》も、三蔵の妹、お累《るい》は、寺で会った新吉のことを考えては、ため息をついていた。女中が、早く寝《ね》ろ寝ろというのでしかたなく寝床についたものの、なかなか寝つけない。しかし新吉の顔を思いうかべて、ふっと夢見心地になると、起きているのか寝ているのかもわからなくなってくる。そんな夢とも現《うつつ》とも知れない心持ちで横になっていると、ぞわぞわ、ぞわぞわっ、と音がする。お累《るい》は、なんだろうと、布団《ふとん》に寝たまま顔をそちらにむけると、畳の上を長さ五十センチほどの太い蛇《へび》がはってくるところだった。

お累はきゃっと悲鳴をあげて布団をはねのけ、駆《か》けだしてとなりの部屋に飛びこんだ。そこには大きないろりが切ってあって、薬罐《やかん》がかけてあった。足をすべらせたお累はいろりに転げこみ、沸騰《ふっとう》した薬罐の湯を顔に受けてしまった。

熱湯を浴びてもだえるお累に、家中大騒《おおさわ》ぎで、すぐに医者を呼んで手当をしてもらったが、お累は顔の半面が赤くただれてしまった。

「ああ、情けない、こんな顔ではもう新吉さんとは会うこともできない」と、お累は昼も夜も奥《おく》にこもって泣いてばかりで、いよいよやせ細ってきた。

兄の三蔵はさすがにみかねて母親に、

「いったい、お累はどうしたんです。あのやつれようは尋常《じんじょう》じゃありません」

「食べろ食べろといくらいっても、きかねえし、まったくもう、どうしたもんだか。いつまでも、ぐすぐす泣いてばかりで、こんな顔になったらもう会えねえ、いっそのこと死んじまいてえと、そればっかりだ。なにを考えてんだか」

そんな話をしているところに、お累《るい》がやってきた。母親が早速《さっそく》に声をかけて、

「やっと出てきたか。ほれ、こっちきて、畑の花でもながめたらどうだ。やけどったって、湯をかぶっただけだ。じきに治るって」

三蔵も、

「お母さんを心配させるもんじゃない。くよくよするな。顔なんか、どうなったってかまわない。元気に長生きして、親に孝行をするのが子のつとめだ。さあ、なんでもいいから食べられるものを食べなさい」

母親や兄がいくらいいきかせても、お累はうつむいて首を振《ふ》るばかり。そのうち、三蔵は、ふと思いついて、下女を呼んで、たずねてみた。

「どうもお累のことが気にかかってしょうがない。やけどをしたというだけじゃあないと思うんだが、なにか心当たりはないか」

「そういやあ、お寺に参りやしたが、ふさぎこんだのは、そのあとでごぜえます。ありゃあ、もしかしたら……」

「お寺で、なにかあったのか」

「はい、二十二、三くれえのいい男がおりましてね、江戸からきたと、いうとりました。お嬢《じょう》さまは、その男が気に入ったのか、雨が降《ふ》ってきたんで、相合い傘《がさ》で、このお屋敷《やしき》までもどってきて、そのあと、あたしにこっそり、あんないい男はいないねえ、とおっしゃってました。亭《てい》主《しゅ》に持つなら、あんな方がいいよね、とも」

「そうか、そういう次第か。それで顔にやけどをしたのをくやんでいるのか」

お累《るい》がふせっている理由を知った三蔵は、早速《さっそく》、作右衛門《さくえもん》という男を使いに出した。

作右衛門は甚蔵《じんぞう》の家を訪《たず》ねた。

「ごめんなせえ」

「おや、作右衛門さん、どうした」

「ちょっくらい相談ぶちにめえったんだが、こっちに若え江戸者《わけもん》がきとるという話でな、そのことでめえった」

なかでそれをきいた新吉はあわてて、積んである布団《ふとん》の後ろに隠《かく》れた。

「三蔵どんからの頼《たの》みだ」

「へえ、そうですか。その男は、居候でここにいるこたあいますが、なんぞまずいことでもしでかしましたか」

「そうでねえ。じつは三蔵どんの妹が、飯も食わずに泣いてばーっかりいるから、三蔵どんがきいてみたら、好きな男がいるってことだ。その相手ってえのが、ここで世話になっとる江戸者《もん》ってことでな。それで、おれが仲人《なこうど》役としてきたってわけだ」

「そりゃまた、ご愁傷《しゅうしょう》さま、いや、うれしいことですな。おおい、新吉、出てこい」

新吉が布団の後ろから恐《おそ》る恐るやってきて、

「へえ、はじめまして。新吉ともうします」

すると、作右衛門《さくえもん》が、

「これはこれは、まあず、お顔をお上げなすって。ええ、石田作右衛門ともうしましてですな
……」

甚蔵《じんぞう》がわきから、

「そんなていねいなあいさつは抜《ぬ》きにして、さっさと本題に入りましょうぜ。おい、新吉、質屋の三蔵さんの妹ってのが、江戸で屋敷奉公《やしきぼうこう》してもどってきたんだが、その器量よしの娘《むすめ》さんが、おめえにほれてほれて、ろくに食べる物も食べられねえってよ。よお、色男。ありがてえじゃねえか、いい女房が待ってるって話だ」

「ああ、そうなんですか。三蔵さんの妹さんでしたか。はい、一度、お寺でお目にかかりました。かわいらしい娘さんですね」

「こんちくしょう、うめえことやりやがって。うぬぼれるんじゃねえや。田舎だから目立つだけなんだからな。とはいえ、まあ、でかした、よくやった」

作右衛門《さくえもん》が甚蔵《じんぞう》に、

「それじゃあ、この話、まとめてよろしいですかな」

するとと、甚蔵がちょっと顔をしかめて、

「いや、まあ、まとめてもらって悪くはねえんだが、じつは、この新吉って野郎、少し借金がありまして」

「なに、借金が?」

「そうなんですよ。あっちこっち歩き回っているうちに、あっちで少し、こっちで少しと、借金が増えてしまいましてね。その借金を、そちらさんで払っていただけませんか」

「どれくらいで」

「どれくらいたって、おい、新吉、借金はいくらあるんだっけ」

新吉はきょとんとして、

「いえ、ありませんよ、そんなものは」

「ばかいえ」

「は？」

「隠《かく》すなって」

「いえ、借金はありません」

「まだ、そんな体裁《ていさい》をつくろってやがる。こら、正直にいえ」

甚蔵《じんぞう》は新吉に目配せをしながら、

「あるだろう、借金が。その借金を片付けとかないと、女房をもらうわけにもいかねえだろうが」

新吉はやっと甚蔵《じんぞう》のたくらみに気がついて、

「あ、はいはい、そうでした。ずいぶん借金がありまして」

「だろう？　いくらくらいある」

「はい、五両ほど……」

「また、子どもじゃあるめえし、恥《は》ずかしがってるときじゃねえだろう。借金はさっぱり返して、きれいな身になって、結婚しやがれ。ほれ、五十両ばかり借りてるといってたじゃねえか。そのうちの二十両は、おれが博打《ばくち》でもうけたときに返してやったが、残りの三十両はまだだったはずだ。作右衛門《さくえもん》さん、そんなわけで、三十両、なんとか都合がつきませんかねえ」

作右衛門は屋敷《やしき》にもどった。三蔵は話をきいて、

「甚蔵のことだから、そのくらいのことはいってくると思っていた。まあいい、妹がそれで助かるなら安いもんだ。ただし、あいつに今後も出入りされるとたまったもんじゃない。縁を切るという条件で、三十両やるとしよう」

甚蔵のほうも、金さえもらえるなら縁切りでもなんでもしようというので、めでたく、十一月三日に婚礼《こんれい》となった。村人たちが集まって、餅《もち》をついたり、歌をうたったりと、にぎやかに

祝ったあと、日が暮《く》れて、床入《とこい》りになった。新吉は部屋で待っていたが、お累《るい》は屛風《びょうぶ》のむこうに座《すわ》ったまま、こようとしない。

「お累、どうしたんだ。きまりが悪いじゃないか。さっきまで、綿帽子（新婦が顔をおおうのに使うかぶりもの）をかぶっていたから顔もみられなかった。おまえさんは、お寺で会った、あの娘《むすめ》さんだろう。なんだか心配になるじゃないか。早くこっちにおいで」

「はい、こんなところにきてくださって、申しわけないというか、なんというか」

「申しわけがないのは、こちらのほうだ。甚蔵《じんぞう》のいうままに、わけのわからない借金までお兄さんに払っていただいて。これからはまっとうに生きていこうと思っているところだ。さあ、こちらにきて、いっしょに寝《ね》よう」

「いやがられてしまうのではないかと、そればかりが心配で」

「いやがられるもなにも、今日きたばかりじゃないか」

「それといいますのも」

「それというのも、どうしたんだい」

「こんな顔に……」

「お寺で会ったから、顔は知っているよ。なにを恥《は》ずかしがっている」

お累《るい》は屏風《びょうぶ》のかげからのっそり出て、行灯《あんどん》の光に顔をさらした。半分が焼けただれていて、髪《かみ》の毛もなくなっている。新吉は、むっとうなって、かたまった。うっかり殺したお久《ひさ》の伯母にあたるお累と結婚することになったものの、あんなにかわいかった顔がこんなに崩《くず》れてしまったとは、これも豊志賀《とよしが》のたたりかもしれない。そう思うと、とんだところにきたもんだという後悔《こうかい》が心にわきあがってきた。

屋根裏で、ぞわぞわ、ぞわぞわという音がした。新吉はひょいと顔をあげた。縁側の障子《しょうじ》が開いている。茅葺《かやぶ》き屋根の裏側に竹筒がつってあって、それに、草刈《か》り鎌《がま》がつっこんである。甚《じん》蔵《ぞう》が二十両で三蔵に買い取らせたのを、下男が研《と》ぎ直して、さしておいたものだ。新吉は気味が悪いものの、鎌から目が離《はな》せない。ぞわぞわ、という音がまた響《ひび》いて、蛇《へび》が屋根裏を伝ってやってきた。そして鎌の刃《は》にからみついたかと思うと、三つに切れて落ちてきた。その頭が縁側で弾《はず》んで、部屋のなかに転がりこむと、かっと口を開けた。

お累が悲鳴をあげた。新吉がそばにあった煙管《きせる》でなぐりつけると、蛇はすっと消えてしまった。お累が新吉にしがみつく。新吉はその手をとって握《にぎ》りしめた。こうしてふたりは床に入り、

夫婦のちぎりをかわした。

新吉はお累《るい》と夫婦になって、心を入れかえた。こんな季節に蛇《へび》が出るというのも奇妙《きみょう》なことだし、お久《ひさ》ばかりかお累まで面相《めんそう》が変わってしまうというのも不思議だ。これは自分の重ねてきた悪行《あくぎょう》の報い、豊志賀《とよしが》のうらみのせいだろう。改心して、これからはお累を大切にし、三蔵親子に孝行をしようと決意したのだ。三蔵もそんな新吉をみて、「まだ若いのに、感心だ。それに夫婦仲もいい」といって安心した。年が明け、仲むつまじく暮《く》らすうちに、早くも八月、産み月になる。

そんなある日、江戸から早飛脚《びきゃく》がやってきて、大門《だいもん》のおじ、勘蔵《かんぞう》が危篤《きとく》で、新吉に会いたがっているとの知らせ。ほかに身寄りのない新吉のこと、おじを放っておくわけにはいかない。三蔵もそのへんは心得ていて、金を持たせて新吉を江戸にいかせた。こうして新吉が大門の長屋に着いたのが八月十六日。勘蔵は六十六で、ひとり暮らしだが、人柄《ひとがら》がよく、まわりの連中が面倒《めんどう》をみてくれている。新吉があいさつをすると、すぐに勘蔵のところに連れていってくれた。勘蔵はげっそりやせて、薄《うす》い布団《ふとん》に寝《ね》ている。

「おじさん、おじさん」

「な、なんだ」

「新吉です。おかげんはいかがです」

勘蔵《かんぞう》は体を起こして、

「おお、新吉か、よくきてくれた。下総《しもふさ》のほうで、いい家に婿《むこ》養子にいったんだってな。よかったよかった。これでひと安心だ。それに、嫁《よめ》に赤ん坊ができたって話だが、男か女か」

「おじさん、気が早いよ。まだ生まれてないんだ」

「あ、そうかそうか」

勘蔵はあたりに目をやると、布団《ふとん》の下からきたない風呂敷《ふろしき》包みを取りだして、

「ちょいと、これをみてくれ」

新吉が手に取って、包みを開いてみると、迷子札《まいごふだ》（子どもが迷子になったときの用心のために、住所や氏名を書きつけて持たせる札）が出てきた。新吉は首をかしげて、

「迷子札だけど、これがどうかしましたか」

「形見だよ、形見」

「はあ、そうですか。じゃあ、今度生まれてくる子の腰《こし》につけてやりましょう」

「いや、おめえがつけろ」

「もうそんな年じゃありませんよ、おじさん」

勘蔵《かんぞう》は軽くせきをしながら、

「まあ、なかを読んでみな」

新吉が目をこらすと、札に「小日向《こひなた》　深見新左衛門《ふかみしんざえもん》次男新吉」と彫《ほ》ってある。

「おじさん、これは、わたしの名前じゃないか」

「そうだ。これからいうことを、ようくきいてくれ。これだけはいってから死のうと思っていたんだ」

新吉も神妙《しんみょう》な顔になって、勘蔵のほうをみた。

「いいか、おまえは深見新左衛門という、三百五十石取った、お旗本の若さまなんだ」

「え、わたしがですか」

「そうだ」

「父は、深見新左衛門という旗本ですか」

「そうだ。ただ、新左衛門《しんざえもん》さまは酒ぐせが悪く、しょっちゅう借金をこさえては、いさかいを起こしてらした。おまえが生まれて間もなく、奥《おく》さまが寝《ね》こむようになると、新左衛門さまはお熊《くま》という女中といい仲になった。それから奥さまが亡《な》くなり、そのうち新左衛門さまも、どうしようもない騒動《そうどう》に巻きこまれて亡くなり、お熊は赤ん坊がいたものの、お屋敷《やしき》はお取りつぶしになって、いられなくなり、深川の実家にもどった。

そのとき三歳だったおまえを引き取ったのが、このわしだ。お取りつぶしになった旗本の息子と触れ回ったところで、なんの得にもなりゃしない。こいつは、この勘蔵《かんぞう》の甥《おい》っ子でございますといって、あちこちで奉公《ほうこう》をさせてきたってわけだ。ご主人さまの若さまを、こんな目にあわせて、まことにすまないことをしてしまったが、どうか、勘弁《かんべん》してやってほしい。わしはもうすぐ死ぬ身だが、これだけは伝えておかなくてはと思い、使いをやったというわけだ。

それからもうひとつ、おまえには新五郎さまというお兄さんがいる。もう四十近くになっているはずだ。鼻が高く、色の白い、美男で、目の下に大きなほくろがあった。もしその方に会ったら、その迷子札《まいごふだ》をみせれば、むこうもわかってくれるはずだ」

新吉は勘蔵の顔をじっとみて、

「おじさん。ありがとうございます。家がつぶれてから、よくぞ、わたしを育ててくださいました。親より大切に思っています。このご恩《おん》は決して忘《わす》れません」

「ああ、ありがてえ言葉をもらった。もう死んでも、思い残すことはない。さあ、死にましょう。と思ったものの、死ぬまえに、生きのいいカツオの刺身で、炊《た》きたての飯が食べてえや」

というと、勘蔵《かんぞう》は、がくっと首をたれ、布団《ふとん》に転がって死んだ。

新吉は、小石川の菩提《ぼだい》寺へ野辺《のべ》送りをして、せめて初七日《しょなのか》まではいたいと思ったものの、養子の身でもあり、お累《るい》も身重とあって、早々にそこをたった。そして、今日はせめて亀有《かめあり》くらいまではと思って歩いている最中に、いきなり雨が降《ふ》りだした。それも車軸《しゃじく》を流すようなすさまじい雨で、新吉は蕎麦《そば》屋で雨宿りをしていたが、なかなかやみそうにない。しかたなく、駕《か》籠《ご》屋を呼んだ。

「亀有の渡《わた》しを越《こ》えて、葛飾《かつしか》の新宿《にいじゅく》で泊《と》まりたい。吾妻《あづま》橋を渡って、小梅までやってくれないか」

「へえ」という返事とともに、駕籠屋はざんざん降りの雨の中を駆《か》けだした。しばらくすると、新吉は葬儀《そうぎ》やその後の始末の疲《つか》れが出て、うとうとし始め、そのうちいびきをかいて、眠《ねむ》りこんでしまった。

「ほらほら、旦那《だんな》、だめだよ。なかでそんなにぐらぐらしちゃ、歩けねえ」

新吉は、はっと目をさまし、

「あ、もう着いたか」

「いやあ、それがまだでして」

「つい眠ってしまった。どこまできた」

「それがどこだか、ちっともわからねえ。妙《みょう》なことに、あっちのほうにみえるのは、吉原の茶屋の明かりみてえでして。ってことは、このあたりは小塚原《こづかっぱら》か」

「なんだって。吾妻橋《あづまばし》を渡《わた》ってくれといったじゃないか」

「いや、こっちもそのつもりだったんだが、気がついたら、なんだか変で」

「吾妻橋は渡ったのかい」

「その、渡ったつもりなんだが、渡ってないような。妙なんですよ、旦那」

「ふざけてもらっちゃこまる。まったく。もう雨はあがったらしいな」

「へえ、あがりました」

「じゃあ、おろしてくれ」

新吉は駕籠《かご》からおりて銭を渡《わた》すと、歩きだした。いい具合に星がでている。もう夜が更けているので、人影もない。道から道へ歩いているうち、ふとみると、やぶのそばに男がひとり立っている。新吉が素知らぬ顔で、前を行き過ぎようとすると、男が、「おい、若《わけ》えの」と声をかけた。新吉が、悪いやつじゃないだろうかと、こわごわ顔を上げると、やせぎすで、鼻筋の通った色白の男が、ぼろを着て、足を引きずりながらやってきた。新吉がとまどっていると、男は手に持った札を差し出して、

「これをさっき駕籠からおりるときに落としたであろう」

新吉が驚《おどろ》いて目をこらすと、迷子札《まいごふだ》だ。

「これは、わたしの迷子札。どうもご親切にありがとうございます。おじの形見でございます」

「その札に、深見《ふかみ》新吉とあるが、貴公《きこう》の名はなんとおっしゃる」

「はい、新吉ともうします」

男はしげしげと新吉の顔をみて、

「深見新左衛門《しんざえもん》の次男、新吉か」

新吉は首をかしげ、それからうなずいて、

「はい、そうでございますが」

男はいきなり新吉の手をぐっとつかんだ。新吉は、はっとして、手を引きもどそうとするが、相手は握《にぎ》ったまま放そうとしない。

「ど、どうか。勘弁《かんべん》してください。お金も値打ちものも、なにも持っておりません」

「新吉、わたしはおまえの兄、新五郎だ。深見《ふかみ》の長男、新五郎だ」

新吉はそういわれて、あらためて相手の顔をみた。勘蔵《かんぞう》のいったとおり、たしかに鼻の高いいい男で、目の下にほくろがある。

「新五郎さまという証拠《しょうこ》がなにかございますか」

「さっき、この迷子札《まいごふだ》は、おじの形見といったが、それはおじではない。勘蔵という深見家の門番だ。勘蔵がおまえを抱《だ》いて、大門《だいもん》の知り合いのところにいったとうわさにきいた。会いたいと思っていたものの、長いこと牢屋《ろうや》に入れられておってな」

「不思議といえば不思議でございますな。おじが亡《な》くなるまえ、わたしを枕元《まくらもと》に呼んで、この札を渡《わた》し、あなたのことを話してくれました。ここでお会いするとは、きっと亡きおじのはからいだったのでございましょう。しかし、そのお身なりは、いったいどういうわけで」

新五郎はうつむき、

「いや、面目ない。じつは若気の過ちで、娘《むすめ》をひとり殺してしまい、いったんは遠方《えんぽう》へ逃《に》げて隠《かく》れていたのだが、江戸にもどってきたところをつかまってしまった。このとおり、足が不自由なのは、そのときのけががもとだ。牢屋暮《ろうやぐ》らしがいったい何年続いたか、このまま腐《くさ》りはてるのも無念と、心を決めて、牢を破り、逃げだし、身を隠して、ちょうど二年がたつ。まさか、弟と会えるとは、思ってもいなかった。ところで、おまえはいま、どこでどうしているのだ」

「はい、下総《しもふさ》の羽生《はにゅう》村という田舎で、三蔵という質屋の妹を妻にめとりました。三蔵は江戸に奉公《ほうこう》したこともあり、商売もうまくいっています。兄上、牢破りをしたことが知れたら大変です。どうぞ、早く心を改めて、頭をそって、僧の姿《すがた》になってください。羽生村にお連れして、お世話をしましょう」

「待て、その三蔵というのは、谷中《やなか》の下総屋という質屋に奉公していた男ではないか」

「よく、ごぞんじですね」

「自分はその下総屋で奉公をしていたのだ。そして、その店で働いていたお園《その》という娘を、あやまって殺してしまった。そのとき、この自分を訴《うった》え出たのが三蔵だ。その憎《にく》き三蔵のところに、おまえが片づくとは。ええい、無念。おまえをそんなやつのところへは帰らすわけにはいかん。いっしょにこい。いっしょにきて、盗賊《とうぞく》になれ」

これにはさすがに、新吉も目を丸くした。

「兄上、ばかなことをいってはいけません。わたしのいるところは田舎といえば田舎ですが、不自由はさせません。どうぞ、いっしょにきてください」

新五郎は怒りで顔をまっ赤にして、

「兄の言葉にそむくか」

新吉は思わず身を引いて、

「兄上、兄上、ばかなことをおっしゃるもんじゃありません」

「おまえのようなやつが弟かと思うと、はらわたが煮えくりかえる」

というなり、新五郎は懐《ふところ》に入れてあった短刀を取りだした。新吉はあわてて逃《に》げだした。新五郎が後を追うが、足がきかない。しかし、きかない足を引きずりながら、必死に追いかけていく。雨にぬれた道を、しゃっ、しゃっ、しゃっと逃げる音を、ぴしゃっ、ぴしゃぴしゃ、ぴしゃっ、ぴしゃぴしゃ、という音が追いかけていく。

新吉が怖《こわ》さのあまり後ろを振《ふ》り向いた。そのとたん、足がすべって小道にどうっと倒《たお》れこむ。あわてて立ち上がったものの、泥《どろ》が目に入って、前後ろがわからない。近づく足音に背《せ》をむけて駆《か》けだそうとした瞬間《しゅんかん》、今度は石につまづいて転んだ。後ろからやってきた新五郎が、倒れた新吉に足を取られて、転ぶ。

新吉はもがきながら立ち上がりかける。それを後ろから、新五郎が手をのばして帯をつかむと、ぐっと引いた。あっ、と叫《さけ》んで、後ろにのけぞった新吉はそのまま背中《せなか》から地面に倒れた。すかさず新五郎が上に乗り、新吉の喉《のど》に短刀を突《つ》きたてた。

新吉は「情けない、兄さん……」といいかけ、まばたきをしながら、暗くなっていく視界のむこうに目をこらした。

「もしもし、旦那《だんな》、旦那。ずいぶんうなされてますが、どうなさいました」

新吉は、がくっと体をふるわせて目をさました。

「あ、ああ、ここは、ここはどこだ」

「ちょうど、小塚原《こづかっぱら》の土手まできやした」

「えっ、じゃあ、夢ではなかったのか。吾妻橋《あづまばし》を渡《わた》って小梅までと頼《たの》んだはずじゃないか」

「へえ、初めはそううかがったんですが、駕籠《かご》を出して少しすると、雨が降《ふ》るので千住《せんじゅ》にいって泊《と》まるからとおっしゃったじゃありませんか」

「ああ、そうだったか。それにしても、いやな夢をみた。あ、迷子札《まいごふだ》は。ふう、ここにある。喉《のど》も、ふさがっている。よかったよかった」

新吉は気分を変えようと、駕籠から降りて、下駄《げた》をはいた。夜空はきれいに晴れて、星がきらめいている。小塚原《こづかっぱら》は刑場で、あたりには殺されてうち捨《す》てられた罪人の首が転がり、処刑された者の罪を書いた木の札があちこちに立ててある。新吉は身震《みぶる》いして、すぐそばの札に目をやると、こう書かれていた。

「深見《ふかみ》新五郎　下総《しもふさ》屋の女中、お園《その》に懸想《けそう》し、無理やり、わがものにしようとして殺害、百両を盗《ぬす》んで逃亡《とうぼう》、のちに捕まり、斬首《ざんしゅ》。首をここにさらすことになった」

新吉はそれを読んで、ぞくっとして、首を振《ふ》ったが、上にのしかかって短刀を振り上げた新五郎の顔がつい思い出されてしまう。

新吉は千住《せんじゅ》で一泊すると、翌日早々に宿をたち、下総の羽生《はにゅう》村にもどった。もどってきた新

吉をみてほっとしたのか、女房のお累《るい》は産気《さんけ》づき、男の子が生まれた。

その子は、新吉が夢でみた、新五郎にそっくりの顔立ちで、目の下にぽつりとほくろがあった。

# 6.

外はいかにも梅雨らしい雨が降《ふ》っている。そのせいか客もまばらだ。

凉子《りょうこ》はソファ席に座《すわ》って、iPhoneで武史《たけし》の送ってきた原稿を読み直していた。右手の人差し指で画面をスクロールさせていく。そのうち、iPhoneを置いて、ため息をつくとニンジンミックスジュースをストローで飲んだ。

蓮二《れんじ》が自動ドアから入ってくると、傘《かさ》を細長いビニール袋につっこんでやってきた。

「凉子、早いな」

「塾《じゅく》が終わって、そのままきちゃったから。今日はなに飲む？」

「ウーロン茶＋プーアル茶、かな」

「鴛鴦《おしどり》っぽくないなあ」

「だけど、仲よさそうだぜ、Oolong & Pu'er=Ooperだから、ウーパー茶だ。さ、ドリンクバーにいってくるか」

蓮二《れんじ》はグラスをふたつ持ってきて、涼子《りょうこ》の隣に座《すわ》った。

「今回の、長かったよな」

「うん、長かった。でも、読みごたえあった」

「ストーリー的にいうと、ここで大きく流れが変わってく感じだよな。ビッグ・チェンジ。最初から整理してみたんだ。スマホにメモとってきたから、ちょっと確認。
・新左衛門《しんざえもん》の宗悦《そうえつ》殺し
・新左衛門の妻殺し
・新左衛門の死
・新五郎のお園《その》殺し
・新五郎の死
・新吉を好きになった豊志賀《とよしが》の死
・新吉のお久《ひさ》殺し
勘蔵《かんぞう》は普通に死ぬから、はずす。なんか、頭に『新』の字がずらっと並《なら》んでる。セブン・

ニューズ？　七時のニュース？　それに、ここまでもう、七人が嫌な感じで死んでる。セブン・デス？　だけど、ここにいたって、ようやく新吉が改心して、顔の焼けただれたお累《るい》を大切にしようと決意。ところが、土手の甚蔵《じんぞう》、登場。こいつおもしれえよな。むちゃくちゃワルなんだけど、どう？」

涼子《りょうこ》はニンジンミックスジュースを飲みきると、グラスのなかの氷をかじりながら、

「おもしろい。あたし芝居《しばい》が好きでよく観にいってるんだけど、この役は絶対、古田新太《ふるたあらた》だね」

「おお、ナイス・キャスティング！　じゃあ、新吉はだれがいい？」

「尾上菊之助《おのえきくのすけ》かな」

「だれ、それ」

「歌舞伎《かぶき》役者」

「昔の人？」

「えっと、まあ、初代菊之助は江戸時代の人かも。よく知らないけど」

「知ってんの、そんなオールド・アクター。浮世絵でみたとか」

涼子は蓮二《れんじ》をじろっとにらんで、

「ばっかじゃん。あたしがいってるのは五代目だよ、五代目」

「ザ・フィフスか」

「そう、今の歌舞伎《かぶき》界の花形役者だよ」

「花形役者って、ちょっと待った。辞書引いてみる。a starって出てるわ。スターでいいんだ、花形役者。けど、なんか、ちがわねーか、スターって」

「まあいいから。その尾上菊之助《おのえきくのすけ》が実際に映画で新吉の役をやってて、なかなかいいんだよ、これが」

「え、この話、映画になってるんだ」

「『怪談《かいだん》』ってタイトルなんだけど、『真景累ヶ淵《しんけいかさねがふち》』が原作。菊之助の新吉がいいんだよね。色男で、ちょっと危ない。それに、ふらふらしてて、状況に流されちゃうって役にぴったりなんだな、これが。ただ、ストーリーはかなり原作とちがうらしいんだ」

「そうか」

「だから、武史《たけし》くんの続きを期待」

「あいつ、遅《おそ》いなあ、なにしてるんだろう。おっ、LINEに着信。ちょっと待って、武史からだ」

蓮二《れんじ》はスマホをチェックして、凉子《りょうこ》をみた。

「おい、武史《たけし》、足をざっくり切っちまったって」

「うそ！」

「ワラの上に飛びおりて、押し切りを踏《ふ》んだらしい」

「ばかっ！　びっくりするじゃないの」

「ドント・ゲット・マッド」

「なに、その英語。泥《どろ》を食べるなって意味？」

「ノーノー、怒《おこ》りなさんなって、意味」

「知ってるよ、そのくらい。発音の悪さをからかったジョークだって。で、武史は？」

「ちょっと、大きな声でいえないんだ。もう少しこっちへ……」

凉子が蓮二のほうに寄って、「なによ」といった瞬間《しゅんかん》、両肩《りょうかた》をぐっとつかまれて、「ワッ」という声が後ろでした。凉子が、きゃっと驚《おどろ》いて立ち上がった。

後ろに武史がにやにやして立っている。

## 第六話　お累《るい》の死

新吉は、生まれてきた子をみて肝《きも》をつぶしたが、その子は日がたつにつれて、ますます兄の新五郎に似てきた。乳もあまり飲まず、無理に飲ませようとすると吐《は》いてしまう。そのせいで頬《ほお》はこけて、それがまた、やせてやつれた新五郎を思い出させる。

三蔵の家で世話になっている自分をうらんで、兄が生まれ変わってきたかと思うと、新吉は気持ちが落ちこんでたまらない。これはきっと自分の因果《いんが》だろう、もう悪いことはできない、心を入れかえて、まっとうな生活をしよう。しかし、そう考えたら考えたで、また気分がふさいで、ため息ばかりついていると、お累が、

「お酒でも召《め》しあがったらいかがですか」

といってくれるが、家にいると酒を飲む気にもなれない。いっそお寺参りでもしてきてはと勧《すす》められて、そうすることにした。

三蔵は三蔵で、妹の婿《むこ》が暗い顔をしているのをみて、気を回し、

「新吉は養子だ。嫁《よめ》の家で、兄やら、母親やらがいると、婿というのは気詰《きづ》まりなものだ。住まいを別にしてやろうか」

そして村のはずれに一軒、家を建てて、親子三人をそこに移してやった。新吉はそこでも、やはり仕事をするわけでもなく、うつうつとして気が晴れないものだから、酒を飲んで土手を歩いたり、八幡《はちまん》さまにお参りにいったり、天神さまにお参りにいったりするようになった。二月三日、法蔵寺《ほうぞうじ》にいくと、そこの和尚《おしょう》が新吉の青白い顔をじっとみて、

「その病気は、死人のたたりだ。そのままでは治らぬ」

「どうしたら、治りますか」

「無縁墓《むえんばか》の世話をしてはどうだ。掃除《そうじ》をして、水をあげて、花をたむける。よい功徳《くどく》になるぞ」

「はい、無縁墓はどこにあります」

和尚は、墓地をざっと指さして、「あれも、あれも、あれも……」といって教えた。

それをきっかけに、新吉は毎日のように法蔵寺にいって無縁墓の世話をするようになる。そのうち気分が少しずつよくなってきた。

三月二十七日、新吉がいつものように墓に参って掃除をしていると、二十歳ちょっとの娘《むすめ》がやってきた。髪《かみ》を後ろに巻いて上げた達磨《だるま》返しという髪型《かみがた》、藍《あい》の小袖《こそで》に黒の繻子《しゅす》の帯、上に縮《ちり》緬《めん》の半纏《はんてん》羽織《ばおり》をきて、吾妻《あづま》下駄《げた》をはいている。その後ろに馬方《うまかた》の作蔵がついてくる。作蔵はそ

の娘《むすめ》に、法蔵寺《ほうぞうじ》にまつわる話をしている。そのうち、作蔵が新吉に気がついて、近づいてきて、声をかける。

「やあ、新吉さん」

「作蔵さん、久しぶりです」

「あんべえが悪いとか、きいてますが、どうだね」

「どうも、こまったもんで、あまりよくありません」

「だけんど、まめに寺参りにきてるそうだねえ。若い人には珍《めずら》しいよ」

新吉が、少し離《はな》れたところに立っている娘をちらっとみて、

「あの人は」

「あれは、名主さまのお妾《めかけ》よ」

「ああ、そうですか。話にはきいているけど、江戸の人だってね」

「深川で芸者だったそうだ。お賤《しず》さんといって、ようく機転のきく娘で、旦那《だんな》さんが請《う》け出して連れてきただが、まあ、家に入れるわけにゃ、いかねえ。若旦那や奥《おく》さんと相談して、土手下に小せえ家をひとつ建てた。それで、お賤さんはそこで暮《く》らしてるってわけだ。旦那さんが

いかねえ晩《ばん》はひとりでさびしいっていうから、おれがいって馬子唄うたったりして気晴らしさせてあげとるってわけだ。お賤《しず》さんは踊《おど》りもおどれるし、三味線がうまくてな、そりゃあ、もう名人だ。こないだなんか、お賤さんがあんまり愉快《ゆかい》に三味線弾《ひ》いて歌うもんだから、タヌキが次々にやってきて、ひと晩中、腹鼓《はらつづみ》打って騒《さわ》いでな、夜が明けて、戸を開けてみたら、なんと、タヌキが三匹、腹の皮を破って死んどったぞ」

新吉は思わず笑ってしまった。

むこうのほうからお賤が作蔵を呼んだ。

「ちょいと、作蔵さん、いま話をしていたのはどこのお方」

「質屋の三蔵さんの妹さんの、お累《るい》さんの旦那《だんな》だ。江戸の人で、新吉さんていうだ」

お賤は、「ああ」とうなずいて、

「どこかでみたような気がしたんだよ。そうそう、あたしが紅葉屋《もみじ》って芸者屋の下働きをしていた頃《ころ》、煙草《たばこ》を売りにきてた人だ。あたしはまだ小さかったけど、よく覚えているよ。いい男で、愛嬌《あいきょう》もあるし、内気なところがまたかわいくて、芸者衆にもててたね」

それをきいて作蔵は新吉に声をかけた。

「新吉さん、こっちにおいでんせえ。お賤《しず》さんが、おめえを知っていると」

新吉は歩いてきて、

「どなたでしょう」

「新吉さんですか。しょっちゅう、深川の紅葉屋《もみじ》へ煙草《たばこ》を売りにきてらしたでしょう」

「そういえば、思い出しました。お賤さんですか。あの頃《ころ》は幼かったけど、ずいぶんきれいになりましたね」

「最近、こっちにきたんですけどね、知り合いはいないし、言葉もあまり通じないし、旦那《だんな》さんがこないとさびしいし、それで作蔵さんにときどき遊びにきてもらっているんです。あら、そういえば、今日は旦那さんがうちにいらっしゃっているんですよ。ちょっと寄っていらっしゃいな。土手下のさびしいところだけれど、静かでのんびりできます」

「はい、それはありがたいが、こちらにきてから、じつはまだ名主さまにはごあいさつにいってないんです。なので、ちょっと気詰《きづ》まりで」

「いいえ、そんな気づかいはいりませんって。とてもさっくりした性格のかたなんです。あたしはもう娘《むすめ》みたいなもんです。どうぞ、寄っていって。ねえ、作蔵さん」

「それがええ、それがええよ。新吉さん、おいでなせえ」

というわけで、新吉は手を引かれるようにして、お賤《しず》の家にいった。田んぼがなくなって、さらに少しいくと、生け垣《がき》で囲まれた小さな家がある。庭も小さいが、花壇《かだん》もあって、きれいにしてある。お賤のあとに、ふたりがついて入っていく。なかに名主の惣右衛門《そうえもん》が座《すわ》って、煙草《たばこ》を吸っている。お賤を目にとめると、煙管《きせる》を置いて、

「やあ、お賤、遅《おそ》かったな」

「お寺にお参りしてきたところなんです」

「おお、作蔵もご苦労だ。おや、だれかいっしょか」

「新吉さんといって、あたしが紅葉屋《もみじ》にいたとき、よく煙草を売りにきていたんですよ。それが、今日、お寺でばったり。びっくりしちゃった。それで話をしていたら、まだ旦那《だんな》さまにお目にかかってごあいさつをしていないっていうから、無理やり連れてきました」

「おや、そうか。新吉さんかい、どうぞおあがり」

新吉は頭を下げて、はき物をぬぐと、上にあがった。

「はじめまして。三蔵のところに養子にまいりました新吉ともうします。そのうち、ごあいさ

つにと思いながら、ついついきそびれておりましたところ、お賤《しず》さんとばったり出会って、連れてきていただいたというわけで、土産《みやげ》も持たず、参上しました」

「いいよいいよ、そんなものは。しかし、話はよくきいているよ。毎日のようにお寺にいって無縁墓《むえんばか》の世話をしているんだってな。えらいもんだ。このわしなんぞ、この年になって、道楽が鳥撃《う》ちときてる。ときどき鉄砲持って、お賤を連れて林の中にいっちゃあ、殺生《せっしょう》ざんまい。見習わなくちゃいけないね」

「お墓のお世話は、法蔵寺《ほうぞうじ》の和尚《おしょう》さまに勧《すす》められて、始めたのですが、体の具合も少しよくなったようです」

「そりゃあいいことだ」

お賤がにこにこしながら、

「あたしが紅葉屋《もみじ》にいた頃《ころ》も、たいそうお姉さんたちにもてて、新吉さん、新吉さんと、うるさいったらなかったんですよ。ねえ、旦那《だんな》さま、お小遣いでもあげてくださいな」

惣右衛門《そうえもん》もにこにこして、

「さて、いくらやればいい」

「名主さまですからね、恥《は》ずかしくないくらい。三両くらい、おやりなさいませ」

「ほう、なるほどな」

「それから、あの博多帯《はかたおび》、旦那《だんな》さまには似合わないから、あれもおやりなさいよ」

「おやおや、今日は帯まで取られるか。まいった、まいった」

惣右衛門《そうえもん》は笑いながら、財布を取りだした。


これがきっかけで、新吉はお賤《しず》の家に寄るようになった。

お賤はもとが芸者だから、男を喜ばすのがうまい。声がよく、三味線も上手だ。新吉はちょくちょく遊びにいくうちに、お賤と深い仲になった。そしてそれを境に、新吉自身が変わり始めた。

たまに家にもどると、火傷《やけど》の跡《あと》が顔半分をおおって、目玉のぎょろっとした女房がいて、その女房が抱《だ》いている赤ん坊は、小塚原《こづかっぱら》でさらし首になった兄そっくり。「改心して、これからはお累《るい》を大切にし、三蔵親子に孝行をしよう」という決意など、どこへやら。妻と息子の顔をみたとたんに、お賤のところに駆《か》けもどりたくなってしまう。

また、田舎の小さな村のこと、新吉とお賤《しず》の関係はすぐにうわさになった。それをききつけた三蔵は頭を抱《かか》えた。妹のお累《るい》もかわいそうだが、もしこのうわさが名主の惣右衛門《そうえもん》の耳に入ったら、とんでもないことになる。かといって、自分が新吉に意見をするわけにもいかないから、お累にいわせる。ところが、差し出がましいことをいわれると、新吉はすぐにかっとなって、お累をなぐる。そんなことを繰《く》り返すうちに、お累は頭が割れるように痛くなり、寝《ね》こんで泣いてばかりいるようになった。

みかねた三蔵は、お累の枕元《まくらもと》に座《すわ》って、

「妻の具合が悪いというのに、薬一服のませようともせず遊びほうけているようなやつとは別れてしまえ。金はいくらでも出してやる」

ところがお累は、

「お気持ちはありがたいのですが、親兄弟と縁を切っても、夫につかえるのが女の道。それに、わたしはどうしても新吉さんのことを思い切れません」

三蔵はあきれはて、「なら、兄妹の縁は切る」と吐《は》き捨《す》て、三十両の金を置いて出ていった。

三蔵が帰っていったあとにやってきた新吉は大喜び。大金が手に入ったうえに、縁が切れたからには、兄のところに顔をだすこともない。しかし働きもせずに遊んでばかりいれば、三十両くらいはすぐになくなってしまう。そうなると、家にあるものを次々に持ち出しては売っていく。そのうち、かけ布団《ぶとん》までなくなった。

そんな新吉の変わりように、お累《るい》はふるえあがった。夏のある晩《ばん》、新吉は家にもどってくるなり、部屋につってあった蚊帳《かや》をはずして持っていこうとした。蚊の多い夜に蚊帳を持っていかれては、赤ん坊がかわいそうと、必死にすがるお累を、新吉は突き飛ばして、出ていこうとする。それでもお累は蚊帳を放そうとしない。新吉が力まかせに蚊帳を引っぱると、ずるずるとお累がしぶとくついてくる。酔っ払って頭に血ののぼっていた新吉は、お累を蹴飛ばすと、炉《ろ》にかけてあった薬罐《やかん》をつかんで投げつけた。薬罐は赤ん坊の頭にあたって、吹《ふ》きこぼれた熱湯がお累にかかる。新吉は大笑いしながら、蚊帳を持って家を出ていった。

新吉は蚊帳を売って金を作ると、作蔵を連れてお賤《しず》の家にいって、酒盛りを始めた。お賤が三味線を弾《ひ》き、作蔵が馬子唄をうたい、新吉は酒を飲んで、うかれている。お賤が、そんな新吉をみて、ほれぼれと、

「酔ったところが、また、いいねえ」

というと、新吉は照れて、

「よせよせ、顔がますます赤くなっちまう」

と、まんざらでもない。

そのうち雨が降《ふ》り始めた。外の世界が暗くぬれていくにつれて、家のなかは明るく陽気になっていった。三人がさんざんに騒《さわ》いで、さんざんに飲んで、疲《つか》れて、寝《ね》てしまう頃《ころ》、外はたらいをひっくり返したような雨になっていた。

新吉とお賤《しず》がひとつ布団《ふとん》で寝ていると、降りしきる雨の音のなか、表の戸をたたく音がした。目をさました新吉が、お賤を揺《ゆ》り起こして、

「だれか戸をたたいている」

お賤がぼんやり、「はい、どなた」とたずねると、外から「ごめんくださいませ。わたくしでございます」との声。お賤が、

「わたくしではわかりません。お名前をいってください」

「はい、新吉の家内でございます」

お賤は、はっと目がさめ、新吉に、

「おかみさんだよ」

「よせよせ、くるわけがねえ。寝《ね》ついたままなんだから」

「いやだよ。出て、会ってきておくれ」

「くる気づかいはねえって」

「なにをいってるんだね。おかみさんがむかえにきたんじゃないか。うれしい顔をして、出ておいでよ」

「冗談《じょうだん》いうな。うれしいことなんかあるもんか」

お賤《しず》はしかたなく、

「ただいま開けますから、ちょっとお待ちを。ご亭主《ていしゅ》をお引き留《と》めして、すみません」

といって、戸を開けると、そこには傘《かさ》もささず、ずぶぬれになったお累《るい》が赤ん坊を抱《だ》いて立っている。つぶれかかった目でお賤をみあげると、

「あなたがお賤さんでございますか。いつも新吉がお世話になっております。一度、お礼にあがろうと思ってはいたのですが、体がいうことをきかず、それに子どももおりますゆえ、失礼をいたしておりました」

「いいえ、そんなお気づかいはなしになさってください。新吉さんは、江戸からこっちにやってきて、なじみのないあたしをいたわってくださいまして、それに旦那《だんな》さまにも気に入られて、たまにきてくださるんですよ。いえ、奥《おく》さまとしてはお気にさわるかもしれませんが、ただ、これにはいろいろと深いわけがありまして、それはそのうちお話しするとして、ねえ、新吉さん、せっかくおむかえにきてくださったんじゃないか。お帰りよ」

新吉はしかめ面をして、

「おい、お累《るい》、なんだ、そんななりをして。亭主《ていしゅ》に恥《はじ》をかかせるつもりか」

「いえ、そんなつもりはまったくございません。ただ、わたしはどうなってもよろしゅうございますが、この子だけは、どうぞ、夜が明けないうちに、法蔵寺《ほうぞうじ》にとむらってやりとうございます。わたしは病人でどうすることもできません。どうか、ちょっとお帰りになって。おとむらいがすめば、また、ここにもどってきてくださってかまいませんから」

そういうと、お累はお賤《しず》のほうをむいて、

「どうぞ、あなたからも、今夜は家に帰るようにいってやってください」

お賤も新吉にきつい調子で、

「こんな夜中に、それも雨の中をきてくれたんじゃないか。うちにお帰りよ」

というが、新吉は逆上《ぎゃくじょう》して、「うるせえ」と怒鳴ると、お累《るい》の胸《むね》を力まかせに突《つ》いた。お累は赤ん坊を抱《だ》いたまま外に転がったが、「この子を、この子を」といいながら泥《どろ》だらけになって、立ち上がる。新吉はまたお累を突き飛ばすと、戸をぴしゃりと閉めた。表で泣きくずれるお累。雨はいよいよ激《はげ》しく降《ふ》ってきた。

「あんなひどいことをして、かわいそうじゃないか」というお賤《しず》に返事もせず、新吉は「酒だ、酒だ」とわめき、燗冷《かんざ》ましの酒を湯飲みに注ぐと一気に飲みほして、寝床に入った。お賤もしかたなく、いっしょに床に入った。

明け方、村の者が表にやってきた。新吉が出ると、

「新吉さん、大変だあ。奥《おく》さんが、かわいそうなことになってしもうたで。すぐに帰ってらっしゃい」

新吉はなんのことかさっぱりわからないが、相手はまっ青な顔でふるえている。しかたなく家に帰ってみると、女房のお累が草刈《か》り鎌《がま》で喉《のど》をかき切って死んでいた。片腕《かたうで》に死んだ子どもを抱えている。新吉はぞっとしたが、そのうち落ち着いてきて、お累は気が違《ちが》って自殺をした

と、名主に届《とど》けて、寺に葬《ほうむ》った。

それからというもの、村人はだれも新吉には話しかけず、三蔵は道で会っても顔をそむけて通るようになった。新吉は金に困《こま》ると家を売って、安宿《やすやど》を泊《と》まり歩いては、ときどきお賤《しず》の家にしけこむという毎日。この頃《ごろ》はお賤の家に、具合を悪くした惣右衛門《そうえもん》が寝泊《ねと》まりしているが、新吉は見舞《みま》いのふりをしてやってくる。

その日の晩《ばん》も、新吉はお賤の家の戸をたたいた。

「おい、お賤」

「新吉さんかい。さあ、入っておくれ」

「旦那《だんな》は」

「奥《おく》で寝ているよ」

「病気の具合はどうなんだ」

「どうなんだか。寝ついたままでね。おまえさんがちょくちょく見舞いにきてくれるから、喜んでるよ。あいつは親切なやつだ、感心だってね」

「そりゃよかった。じつは小遣いがなくなって、ほかに泊《と》まる所もないし、見舞《みま》いにかこつけて、やってきたってわけなんだ。それにしても、奥《おく》さんもまたよく平気で、旦那《だんな》をここにこさせておくな」

「旦那さんがいうには、どうせ寝《ね》るなら、うちよりここがいいって。おかみさんも息子さんも、ここにはあまりこないし、ひとりで看病《かんびょう》するのは疲《つか》れるけど、まあしょうがない。旦那さんには、紅葉屋《もみじや》から請《う》け出してもらったご恩《おん》もあるし。それに、遺言状《ゆいごんじょう》もあたしのいうように書きかえてくだすったし。いい人だよ、旦那さんは」

お賤《しず》はそういいながら新吉の手を取って、

「まあ、お上がりなさいよ。旦那さんは奥でぐっすり寝ているから、少々のことじゃ起きやしないし」

お賤は新吉を上にあげると、酒の用意をして持ってきた。そして盃《さかずき》に酒を注ぎながら、

「ところで、今夜はちょいとまじめな話があるんだよ。酔っ払ってしまうまえに、きいておくれ」

新吉はくいっと一杯飲んで、盃をすっと前に出した。お賤がそれにまた注ぐと、

「いったいまた、神妙《しんみょう》な顔で、なんの相談だ」

「おまえさんも、奥《おく》さんのことじゃ、ずいぶんいやな思いをしただろう。あんなことになったのも、あたしのせいといえば、あたしのせい。おまえさんがこんな羽目になったからには、どこまでもついていくつもりでいるからね、いいかい」

新吉はにやっと笑って、

「悪いはずがねえや。ありがてえ」

するとお賤《しず》は、真剣な顔になって新吉をみつめ、

「でも、あたしは不安なんだよ」

「不安って、なにが」

「あたしは、おまえさんにぞっこんだけど、おまえさんはどうなんだい」

「どうって、そんなばかなことをきくもんじゃねえ。ぞっこんもぞっこん、腹の底からほれてらあ」

「じゃあ、どんなことがあっても、絶対に見捨てたりしないね」

「見捨てるも見捨てないも、いまのおれには、おまえしかいねえ。村じゃ、鼻つまみ者で、だ

れひとり声もかけちゃくれねえ。居づらいことときわまりなしだ。さっさと江戸にでももどりゃいいようなもんだが、おまえがここにいるからには、そういうわけにもいかねえ。だからこうやってここにきているんだ」

「ああ、あたしもいっしょに江戸にいってしまいたいが、旦那《だんな》さんがいるからねえ」

お賤《しず》はそういいながら、奥《おく》のほうを指さして、

「この身は自由にはならないんだよ。旦那さんはまだ五十五、病気が治って元気になれば、これからもご機嫌《きげん》をとって、お世話をしなくちゃいけない。ねえ、新吉さん」

「なんだ」

「あたしを見捨てはしないという証拠《しょうこ》をみせておくれでないかい」

「どうすりゃいい」

「殺しておくれ」

酔《よ》いがまわりかけていた新吉はお賤の顔をみると、ぶるっと首を振《ふ》って、

「そんな、そんなこたあ、できねえ」

「なぜ」

「考えてもみろ。まあ、おまえがうまく取りなしてくれているからってこともあるだろうが、この旦那《だんな》はじつに、よくしてくれる。この村でただひとり、親切にしてくれる。顔を合わせりゃ、小遣いを持っていけ、着物を持っていけ、とこうだ。これだけ世話になっておいて、殺せるわけがねえ」

「いいや、殺せるよ。殺せる。あたしのことがとことん好きなら、殺してくれるはずだ。もうこんなところにはいたくない。おまえさんといっしょに江戸にいきたい。いけるんだよ、あの人が死にさえすれば。家族の者がいないときに、旦那さんに遺言状《ゆいごんじょう》を書きかえてもらって、万が一のときにはあたしに五十両もらえるようにしておいた。ねえ、ふたりで江戸に帰ろうよ」

新吉は眉《まゆ》を寄せて、首を振《ふ》りながら、

「いや、そいつはできねえ」

お賤《しず》が新吉の顔を引っぱたいた。新吉は思わず身を引いて、後ろに手を突《つ》き、お賤の顔をまじまじとみた。驚《おどろ》いて声も出ない。

「旦那さんが死なないかぎり、あたしはここで、おまえさんのことを思いながら、毎日を暗い気持ちで送っていくしかないんだよ。そして、おまえさんだって、ここにきて、ここにきて、あたしを抱《だ》いて、旦那《だんな》さんに愛想《あいそ》をいっては、また夜ここに忍んでくるしかない。こうやって、ふたりして腐《くさ》っていくつもり？　おまえさんだって、村中の人から憎《にく》まれ、うとんじられている。とくに三蔵さんの一家にとっちゃ、敵《かたき》みたいなもんだ。いつ、ひどい目にあわされないとも限らない。そんな暮《く》らしを、これから五年、十年、続けていくつもり？　おまえさんはばかじゃない。心のなかでは、あたしのいうとおりだとわかっている。だけど、いくじがないから、とってつけたような言い訳ばかりしている。でも、本当に、本当に、あたしのことが好きなんでしょう。だれにも後ろ指をさされず、ふたりでいっしょに楽しく暮らせるようになりたいんでしょう」

新吉は青ざめて、まだ後ろに手を突いたままお賤《しず》をみつめている。

「なら、あたしがそうさせてあげます」

そういうと、お賤は棚《たな》に置いてあった細引き（麻をよりあわせた細くて丈夫な縄《なわ》）を左手で取りあげ、右手で新吉の手を取って、奥《おく》のほうに歩いていった。新吉は手を引かれるがままについていく。惣右衛門《そうえもん》はぐっすり眠《ねむ》っている。お賤は「旦那さま、旦那さま」と声をかけて、惣右衛門が寝《ね》たままなのを確かめると、新吉の手を放し、細引きの端を柱に結びつけた。それから、細引きを惣右衛門の首に二重に回して、反対側の端を新吉に渡《わた》した。新吉は催眠術《さいみん》にでもかかったかのように、細引きを受け取ると、端を手に巻きつけて、足を踏《ふ》ん張る。お賤《しず》が新吉の目をみて、うなずく。新吉が細引きをぐっと引く。惣右衛門《そうえもん》が、首に手をやって、うめいた。お賤は枕《まくら》を取って惣右衛門の顔に押しつけ、新吉に「もっと強く」と声をかける。新吉は細引きを肘《ひじ》にかけて、思い切り引っぱった。惣右衛門の体がぐったりして、力が抜《ぬ》けていく。

お賤は台所にいき、半紙を数枚、水にぬらして持ってくると、惣右衛門の顔に置いた。新吉は細引きを手に持ったまま、畳《たたみ》にすわって、ふるえている。お賤はしばらく半紙をみていたが、呼吸がないのを確かめると、それをはがし、細引きを首からほどいた。喉《のど》に二本、赤い筋が残っていたが、指先で何度もこするうちに薄《うす》くなった。

「さあ、これでもうだいじょうぶ。新吉さんは、これからどこかの宿にいって泊《と》まってください」

新吉はただうなずくだけだった。

# 7.

ファミレスのいつもの席で、蓮二《れんじ》がスマホを出して、涼子《りょうこ》と武史《たけし》にみせながら、

「こないだの続きな。
・新吉と結婚したお累《るい》の死
・新吉とお賤《しず》の惣右衛門《そうえもん》殺し
これで九人、赤ん坊を入れると十人だ。

武史、まだ死ぬのか」

武史は、カップの煎茶《せんちゃ》を飲みながら、

「まだ死ぬ」

すかさず蓮二が、

「アンゼンゼアワナンか?」

「なんだよ、それ」

「教養のないやつに教えてやろう。And Then There Were None. つまり、そして誰《だれ》もいなくなったのか、ときいてみたわけだ」

「もう少し、発音練習したらどうだよ。クリスティさん、泣くぞ。それで、答えだが、内緒《ないしょ》だ」

「ちぇー、けち。教えろよ。気になるじゃん」

それまで黙《だま》ってふたりのやりとりをきいていた凉子《りょうこ》が、カップの煎茶《せんちゃ》を飲みながら、

「でも、お賤《しず》も新吉も死んじゃうんでしょう」

武史《たけし》は腕組《うでぐ》みをして、

「なんでそう思うわけ」

「だって、昔のこういう話って、最後は勧善懲悪《かんぜんちょうあく》だもん」

「だけど、『真景累ヶ淵《しんけいかさねがふち》』って、最初からなんか変なんだよ」

「変って、どこが」

「ほら、凉子もいってたろ。最初は、新左衛門《しんざえもん》の宗悦《そうえつ》殺しで始まって、そのあと宗悦のたたりの延長で、新左衛門が死ぬ。それはいいんだけど、問題はそれからだ。なんで、そのあと、新

左衛門の息子に宗悦《そうえつ》の娘《むすめ》が殺されなくちゃいけない？　お園《その》は新五郎に殺されて、豊志賀《とよしが》は、新吉に愛想《あいそ》をつかされて死んでしまう。なんか、たたり方が変だと思わない？　勧善懲悪《かんぜんちょうあく》ってわけでもないけど、こういう場合、普通は逆だろ。新五郎がお園に殺されて、新吉が豊志賀に殺されるってのが筋だ。だけど、この話はそうなってない。新左衛門《しんざえもん》が宗悦を殺したように、新左衛門の息子たちが宗悦の娘たちを殺していくんだ」

蓮二《れんじ》がアイス煎茶《せんちゃ》をストローで飲みながら、

「そう考えると、怖《こえ》え、この話」

涼子《りょうこ》もうなずいて、

「どちらにも救いがないもんね」

ホット煎茶をふたつ、アイス煎茶をひとつ、テーブルの上に置いて、三人はしばらく黙《だま》りこんだ。

そろそろ梅雨明けとの予報があったが、まだ小雨が降《ふ》り続いている。

## 第七話　甚蔵《じんぞう》殺し

お賤《しず》は、はだしで駆《か》けだし、本家へむかった。そして表の戸をたたきながら、

「旦那《だんな》さまが、大変でございます。どうぞ、早く、早く」

すぐに戸が開いて、惣右衛門《そうえもん》のおかみさん、息子の惣次郎《そうじろう》、惣吉《そうきち》が飛びだし、お賤の家に走っていったが、もちろん、惣右衛門は息を引き取ったあと。まさか死ぬような病気ではないと思っていたので、家族はみんな驚《おどろ》き、悲しみながらも、知り合いや縁者《えんじゃ》にこのことを知らせてまわり、寺にいって葬儀《そうぎ》の手はずを整え、少し落ち着いたところで、惣右衛門の遺書《いしょ》を開いた。

それには、こう書かれていた。財産は惣次郎に、また弟の惣吉はどこかよいところに養子にやるように、その他のことは作右衛門《さくえもん》と相談して決めるように、またお賤は身寄りもなく、この村に残るわけにもいかないだろうから、五十両をやって江戸に帰してやってほしい、それから、新吉は親切にしょっちゅう見舞《みま》いにきてくれた、湯灌《ゆかん》（納棺《のうかん》するまえに死体を水でふいて清めること）は新吉ひとりにまかせてくれ、ほかの者は親族であっても立ち会ってはならない。

湯灌は普通、何人かでするもので、ひとりではむつかしい。しかし遺言《ゆいごん》にそう書かれているからには、そうする以外ない。棺桶《かんおけ》が湯灌場に運ばれると、新吉が入っていって、人払いをした。

「あとは遺言《ゆいごん》通り、わたしがひとりで行いますので」

親類の者も村の年寄りも、寺の本堂にいった。

ところが、新吉は、自分が殺した相手だと思うと、怖《こわ》くて手がつけられない。そもそも、湯《ゆ》灌《かん》はひとりではとてもできるものではない。どうしたものかと思案に暮《く》れているところへ、戸がすっと開いて、土手の甚蔵《じんぞう》が入ってきた。

「おい、新吉」

「兄貴」

「旦那《だんな》が亡《な》くなったってんで、ちょっと顔を出してきたんだが、おめえ、湯灌をいいつかったんだってな。幸せなやつだ」

「いや、それが、ありがた迷惑《めいわく》ってやつで、こまっているんだ」

「そりゃそうだ。ひとりで湯灌なんぞ、できるもんじゃねえからな。ないしょで、手伝ってやろうか」

「ありがたい。じゃあ、きっと、ないしょで」

甚蔵は慣れたもので、

「そこのたらいを伏《ふ》せて、棺桶《かんおけ》をそばに寄せろ。ふたを開けて、仏さまの脇《わき》の下に手を入れて引きずり出したら、足をたらいの上にのせて、あぐらをかかせる」

甚蔵《じんぞう》は説明していく。

「それから水で体を清めて……おい、水はどこだ」

「あ、忘《わす》れてた」

「なに、湯灌《ゆかん》をするってのに、水を用意してねえのか、早くくんでこい」

新吉はまだふるえていたが、手桶《ておけ》をふたつ持って出ていった。

甚蔵は、「お手伝いにまいりやしたよ」と声をかけながら、棺桶《かんおけ》のなかから惣右衛門《そうえもん》の遺骸《いがい》を抱《だ》き上げた。すると惣右衛門の首ががくっとたれて、鼻からたらっと血が流れた。甚蔵は、おやっとつぶやいて、遺体《いたい》をあおむけにすると、喉《のど》のあたりに二本、赤黒い筋がある。そこへ、新吉が水の入った手桶をさげてもどってきた。甚蔵が、

「さっさと入って、戸を閉めろ」

「なんだい、また、怖《こわ》い声を出して」

「ここへきて、仏さまの顔をみてみろ」

「いいよ、そんなもの、みなくて」

「いや、みろ。鼻血がたれてらあ。それから、首に赤黒い筋が二本。こいつぁ、病死じゃねえ。くびり殺されたんだ」

「そ、そんな大声を出さないで。人がくるよ」

「きたって、かまうもんか。いや、人に知らせなくちゃいけねえ。てめえもおれも、旦那《だんな》にゃ、ご恩《おん》があらあ。その旦那をこのまま埋《う》めちゃ、義理《ぎり》が立つもんか。殺したやつをつかまえて代官所に連れていってやらなくちゃいけねえ。おい、本堂に親族がいるから、いって呼んでこい」

「いや、兄貴、そりゃこまるよ。むこうはいま、お経をとなえているところだし、このまま棺《かん》桶《おけ》にもどして、埋めてしまおうよ」

「埋められるはずねえだろう。なに、ばかなことといってやがる」

というと甚蔵《じんぞう》は、新吉をにらみつけた。新吉はびくっとして、なにかいいかけるが、言葉が出てこない。甚蔵が、どすのきいた声で、「おい」と呼びかける。新吉は唾《つば》を飲みこむ。

「おい」

「はい」

「おめえ、やったな」

「はい」

思わずいってしまって、新吉は口を押さえたが、もう遅《おそ》い。

甚蔵《じんぞう》はにやっと笑って、

「なら、早くそういえよ。手間かけんじゃねえ。おめえとお賤《しず》がいい仲になってんのは、旦那《だんな》以外、みーんな知ってんだ。じゃまな旦那を始末して、さっさと江戸にでも逃《に》げるつもりでいたんだろう。おめえは女をなぐる蹴《け》るくらいのことはできるが、恩人の旦那を手にかけるほどの度胸《どきょう》はねえ。お賤にけしかけられて、ふたりでやったな。さあ、さっさと白状しちまえ。どうなんだ」

新吉はなにもいわずに、うなずいた。

「おめえがやったんなら、こりゃ、どうしようもねえや。なにしろ、おれの弟だからな。手早く、湯灌《ゆかん》をすましちまおうぜ」

甚蔵は新吉に手伝わせて、仏に水をぶっかけると、きれいに手ぬぐいでふき、棺桶《かんおけ》にもどして、暗いうちに埋《う》めてしまった。

初七日《しょなのか》が過ぎる頃《ころ》、甚蔵《じんぞう》がお賤《しず》の家にやってきた。

「へえ、ごめんなせえ」

「はい、どなたさまで」

「お賤さん、あっしで」

お賤は、「新吉さん、土手の甚蔵さんがいらっしゃったよ」と声をかける。新吉は火鉢《ひばち》のそばに座《すわ》っていたが、「甚蔵」ときいて、手がふるえた。

「あ、ああ、そうかい。上がってもらいな」

三人で火鉢を囲んで座ると、甚蔵が、

「どうもこのたびはご愁傷《しゅうしょう》さまで。さぞ、お気落としのことと思います。いやね、あっしも旦那《だんな》さんには、よく声をかけてもらったり、たまに小遣いをいただいたりしたもんです。まだ五十五だったっていうじゃありませんか、おしい方をなくしました。病気とはいえ、たいして具合が悪いわけでもなかったってのに、人の命ってのは、わからねえものでござんすねえ」

といって、甚蔵は新吉をちらっとみた。

「お賤《しず》さんも、さぞかし残念でしょう」

「ええ。こんなに急にお隠《かく》れになるとはちっとも思っていませんでしたから。こんなことなら、ああしてあげればよかった、こうしてあげればよかったと、後悔《こうかい》ばかりです」

甚蔵《じんぞう》は、すかさず、

「なら、その気持ちを少しでいいので、この甚蔵にいただけませんかね」

お賤はけげんな顔で、

「といいますと」

「いや、昨日、博打《ばくち》でひどく負けましてね。からっけつのけつの助、びた一文ねえって有様なんですよ。ほんの少しでいいんで、小遣いをめぐんでもらえませんかねえ」

「え、そんな……」

「おたがい、旦那《だんな》にお世話になった身、いってみりゃあ、仲間みたいなもんでしょうが。ここは旦那に成りかわって、どうぞ、ひとつ」

「なんだか、妙《みょう》な理屈ですねえ。でも、まあ、そんなにおこまりなら、多少ですが」

といって、一朱金をふたつ財布から出して、畳《たたみ》に置いた。

「おや、たったこれだけですかい」

「はい」

「これっぽっち借りに、ここにきたわけじゃござんせん。もちっと色をつけてもらわねえと、これじゃあ、なんともらちが明かねえ」

「といいますと、どれくらいほしいとおっしゃるんですか」

「五十両、といいてえところだが、三十両くらいにまけときましょう」

お賤《しず》は笑いながら、

「そんな、しょうもない冗談《じょうだん》をおっしゃって。よしてくださいよ。ばかばかしい」

甚蔵《じんぞう》も笑いながら、

「それが、ちっともばかばかしくねえから、世の中はおもしれえ。三十両で、ひとの命がひとつかふたつ助かると思えば、安いもんだ。そうじゃありませんかい」

お賤は笑っていいのか、怒《おこ》っていいのかわからず、返事にこまっていると、甚蔵が、

「なあ、新吉、おめえからも、ひとことといってやれよ」

新吉がしかたなく、「お賤、三十両、渡《わた》してやりな」というと、お賤はかっとなって、

「冗談《じょうだん》じゃありませんよ。なんで、こんな男にそんな大金をやらなくちゃいけないんです」

するとと甚蔵《じんぞう》が、

「物わかりの悪い女だ。あんたと新吉ができてるってことくらい、だれでも知ってらあ。知らぬは仏ばかりなりってやつだ。それでぐるになって、親切な旦那《だんな》を殺した。それが世間に知れたら、それこそ打ち首だ。ちがうか」

「いったい、なにをいうんです。そんな、ありもしないことを。証拠《しょうこ》でもあるのですか」

「旦那の首に残ってた、二本の赤い筋がなによりの証拠だ。細引きかなにかでくびり殺したんだろう」

「兄貴、まあ、待ってくれ。お賤《しず》には、そのことはまだ話してないんだ」

「じゃあ、あとでたっぷり話してやんな。さあ、三十両、出すのか出さねえのか」

「それが、遺産分けがまだなんで、ここにはそんな大金はないんだ。なんとか工面して、晩方までには持っていくから」

「なら、ちゃんと持ってこい。持ってこねえと、わかってるだろうな」

甚蔵はそういって、出ていった。

けわしい顔をしているお賤《しず》に、新吉は寺の湯灌場《ゆかん》でのことを話した。お賤は下唇《したくちびる》をかんで、じっとしていたが、話をきき終わると、

「そりゃ、だめですね」

「だめ、とは」

「三十両やろうが、五十両やろうが、あの男はくり返しやってきては、金をせびるに決まってます」

「だといって、金をやらないわけにもいかないだろう」

「しかたありません。あの男も殺してしまいましょう」

「えっ」といって、のけぞる新吉。

「なにをそんなにおびえているのです。恩義《おんぎ》のある旦那《だんな》さまを手にかけたくらいじゃありませんか。あんな悪党ひとり殺すくらい、平気でしょう」

「ま、まあ、そりゃそうだが、あいつはめっぽう力が強いうえに、けんか慣れしている。とてもじゃないが、歯が立たねえよ」

「力のないぶんは、頭でおぎないましょう。いい考えがある。新吉さん、いいですか」

新吉は日が暮《く》れて少しすると、旦那《だんな》の短い脇差《わきざ》しを腰《こし》にさして、土手の甚蔵《じんぞう》の家にいった。

「兄貴、新吉です」

「おう、上がれ」

「兄貴、さっきは申しわけねえことをした。あれからお賤《しず》に話をして、じつはこうだといったところ、そりゃあ知らなかった、甚蔵さんには悪いことをしました、といってあやまってたよ」

「おめえ、湯灌場《ゆかんば》のことをしゃべったのか」

「しかたないから、話したよ。お賤は、そんなことがあったんだったら、甚蔵さんには三十両や四十両あげたって、ちっともかまわない、だけど、それくらいだと焼け石に水でまた使ってしまって、なくしてしまうだろうから、いっそ堅気《かたぎ》になれるくらいのお金を上げよう、そのかわり、旦那のことはくれぐれも口外しないようにと証文を書いてもらえばいい、こっちもたくさんはあげられないけど、百両くらいで手を打ってもらいましょう、といっているんだ。なあ、兄貴、百両をもとに堅気にならないか」

「そうか、ありがてえ。おれも、そろそろこんな暮らしから足を洗いてえと思ってたんだ。そうか、それで、その金は？」

「ここにはねえ」

「なんだと、このばか野郎」

「まあ、きいてくれ。旦那《だんな》がまだたっしゃなときに、自分が死んだらお賤《しず》がこまるかもしれねえと、聖天山《しょうでんざん》の手水鉢《ちょうずばち》の脇《わき》に金を二百両埋《う》めておいてくれたらしい。それを百両ずつわけて、三人で江戸に出て、まっとうな暮《く》らしにもどって、仲良くやろうじゃねえか」

「そうか。なるほど。旦那もよっぽどお賤にほれてたんだな。よし、善は急げだ。早速《さっそく》、出かけよう」

「鋤《すき》か鍬《くわ》は？」

甚蔵《じんぞう》は戸口に立てかけてあった鋤をかついで、早速、家を出た。新吉もすぐあとを歩いていく。月がこうこうと照るなかを、ふたりは急ぎ足で歩き続け、聖天山のふもとに着くと、うっそうと木の生い茂《しげ》る森の道を登っていった。そしてようやく手水鉢のあるところまでやってきた。甚蔵が、息を切らせながら「あれか」ときくと、新吉は「あの手水鉢の右のところに埋めてあるらしい」といった。早速、甚蔵が鋤で掘り始める。ところが、いくら掘っても、なにも出てこない。甚蔵《じんぞう》が手を止めて、新吉をじろっとにらんだ。

「おい、ねえぜ」

新吉は首をかしげて、

「あ、ちがった。あっちからみて、右だった。すまねえ」

「なにまちがえてやがる。汗《あせ》びっしょりかいたぜ。それに喉《のど》が渇《かわ》いた」

「そりゃ、おたがいさまだね。ただ、この頃《ごろ》はいつも手水鉢《ちょうずばち》は干上がってる。そうだ、聖天山《しょうでんざん》の裏手に清水のわいているところがあるんだ」

「ああ、そうか。そりゃ、もってこいだ。どこにある」

新吉は裏のほうに歩いていって、崖《がけ》の前までくると下を指さして、

「あそこにほら、清水がわいてる。月が映《うつ》ってるからよくみえらあ」

甚蔵は腕《うで》組みをして、足下から下のほうをみていたが、そのうち崖の縁に生えているツタをつかんで引っぱった。そしてまた下に目をこらして、ツタにつかまり、ゆっくり下りていった。そこは慣れたもので、うまい具合に足場をさがしては、するするとツタを伝っていく。間もなく、わき水のところに着くと、両手ですくって飲んだ。

「こいつは、うめえや。おおい、新吉、おまえも下りてこい」

「いや、兄貴、こわくて下りられねえよ。だけど、喉《のど》が渇《かわ》いてしょうがねえから、一杯、くんで持ってきてくれねえか」

「ばか野郎、水を入れるものがねえじゃねえか」

「そうか。じゃあ、手ぬぐいをぬらして持ってきてくれねえかなあ」

「しょうがねえ」

甚蔵《じんぞう》は手ぬぐいにたっぷり水をふくませると、その端を腰《こし》にはさんでツタをつかんだ。そしてまた、木の根を足がかりにして、登りはじめた。そのうち、崖《がけ》がほとんどまっすぐな壁《かべ》になってくる。そこにさしかかったところをねらって、新吉は脇差《わきざ》しを抜《ぬ》き、力まかせに甚蔵のつかんでいるツタを切った。甚蔵は声をあげる間もなく、数メートル落ちたかと思うと、小さなでっぱりにぶつかって宙に放り出され、まっさかさまに闇《やみ》に飲まれていった。新吉は、惣右衛門《そうえもん》を殺したときとはちがって、落ち着いていた。そしてそこらにあった石や岩を次々に上から落とした。そのうち、雲がでてきて月にかかってきた。新吉はほっとため息をつき、脇差しを鞘《さや》におさめて、長い道を歩いてお賤《しず》の家までもどった。

「おい、開けてくれ」

「どなたです」

「新吉だ」

「遅《おそ》いから心配してたんだよ。汗《あせ》びっしょりじゃないか。着替えは用意してあるから、さあ上がって。それで、どうだった」

「上首尾《じょうしゅび》だ。うまくいった」

「ああ、よかった。さあ、着物を脱《ぬ》いで。熱い湯で体をふいてあげるから」

そういうと、お賤《しず》はたらいに湯を入れて、新吉の背中《せなか》をふいてやった。それから、たたんでおいた着物を着せるると、燗《かん》をつけた酒を持ってきた。開け放した障子《しょうじ》からは、薄《うす》い雲に隠《かく》れた月がぼんやりみえる。新吉はまんまと甚蔵《じんぞう》を殺した興奮《こうふん》がこみあげてきて、ぶるっと体をふるわせると、酒を飲んだ。腹もへって、喉《のど》も渇《かわ》いているので、酒が胃にしみるようだ。

「ああ、うめえ」

「これでもう、恐いものはないね」

「そうとも。おまえも飲めよ」

「はい」

ふたりは笑いながら、酒を飲みかわし、じゃれあっている。そんなふたりを隠《かく》すかのように雲が厚くなって、月はきれいに姿《すがた》を消した。外はまっ暗になり、部屋の行灯《あんどん》だけが、小さな明かりを放っている。

「いい気分だ。そろそろ寝《ね》るか」

「じゃあ、床を敷《し》くから、ちょっと待ってて」

新吉は、煙管《きせる》を取って、煙草《たばこ》を一服した。ふと縁側のむこうに目をやると、風が出てきて、生け垣《がき》が軽く揺《ゆ》れている。

「いい晩《ばん》だ」

新吉は煙《けむり》をふっと吐《は》いて、二服目に火をつけた。風が強くなり、雲がすっと流れて月がまた顔を出す。新吉はそれをながめて、「いい晩だ」とまたつぶやいた。そのとき風がまた強くなって、庭木がざわざわと揺れはじめたかと思うと、生け垣がいきなりふたつに割れて、その間から大きな人影が現れた。新吉はぎょっとして目をこらした。

髪《かみ》を肩《かた》までたらし、眉間《みけん》の大きな傷《きず》から流れた血で顔をまっ赤に染《そ》めて立っているのは、甚《じん》蔵《ぞう》だった。体は泥《どろ》まみれだ。甚蔵はうめき声をあげながら、庭に入ってくると、ずかずかと縁側までやってきた。

新吉は、あっと声をあげて立ち上がろうとしたが、足に力が入らず、へたりこんでしまった。甚蔵は縁側からあがってきて、飛びかかると、新吉の胸《むな》ぐらをつかんで、

「やい、よくもふざけた真似してくれたな。おめえも女も、生かしちゃおかねえ。さあ、覚悟しやがれ」

「す、すまない。頼《たの》む、頼むから、勘弁《かんべん》してくれ。そんなつもりじゃなかったんだ」

「ふざけるな」

甚蔵は大声をあげると、新吉を畳《たたみ》の上に押し倒《たお》し、馬乗りになって殴《なぐ》りつけた。

「悪かった。あやまります、あやまります」という新吉を、なおも殴りつけ、ぐったりしたところを、さらに殴りつける。新吉の顔は腫《は》れあがり、血でぬらぬらしてきた。甚蔵はいったん手を止めて、にやっと笑うと、腰《こし》から出刃包丁を抜《ぬ》き、両手で握《にぎ》り直して振《ふ》りかぶった。新吉がきつく閉じていた目を開けた。真上で、出刃の刃先が不気味に光る。新吉はぎゅっと目をつぶった。

すさまじい音が新吉の耳を打った。新吉は胸《むね》がつぶれ、息が止まった。

あたりがしんと静かになった。生け垣《がき》や庭木を揺《ゆ》らす風の音だけが響《ひび》いている。

新吉は一瞬《いっしゅん》、意識をなくしていたが、はっと気がついて息を吸おうとした。しかし息ができない。苦しい。体も動かない。顔が焼けるように熱い。もがく。必死に体をねじる。すると、少しだけ息が口から入ってきた。さらにもがくと、かすかな光がみえる。新吉は全身の力をこめて、体をよじった。

新吉の上におおいかぶさっていた甚蔵《じんぞう》の体がごろっと横に転がった。新吉は肘《ひじ》を突いて、上体を起こした。あおむけになった甚蔵が目を見開き、口をゆがめている。しかし動かない。口から血がたれてきた。新吉はせわしく息をしながら、あたりに目を移した。縁側にだれかが立っている。薄暗《うす》いなかに小さな火がみえる。火縄《ひなわ》の火だ。すると、あれは猟銃《りょうじゅう》か。新吉はうなずいた。そして目をこらすと、鳥撃ち用の銃を持った寝間着姿《ねまきすがた》の女がぼんやりとみえてきた。

「お賤《しず》」

お賤はしばらく黙《だま》ったままだったが、そのうちようやく落ち着いて、

「新吉さん、けがは」

「顔をさんざんに殴《なぐ》られたが、それだけだよ」

「ああ、よかった」

お賤《しず》は縁側に膝《ひざ》から崩《くず》れ落ちた。

「もう、どうしていいかわからなくて。刃物を持ってかかっていったって、かなう相手じゃないし。それで、ふと思いついたのが、これ。旦那《だんな》さんは鳥撃《う》ちが好きでときどき連れていってくれて、おまえもやってみるかとかいって、撃たせてもらったことがあるんです。それで、旦那さんの手箱のなかから取りだして、思い切り近くまで寄って、引き金を引いたの。新吉さんが無事で、本当によかった。ああ、うれしい」

新吉は痛む顔をなでながら、

「ありがたい、命拾いした。しかし、甚蔵《じんぞう》を殺してしまったからには、ここにはいられない。さっさと、ずらかろう」

「旦那さんの形見で五十両もらうのは、四十九日まで待たなくちゃいけないけど、もうそんなことはいってられない。少しはたくわえもあるから、それを持って、いっしょに逃《に》げましょう」

ふたりは、金目《かねめ》のものを持てるだけ持って、家を飛びだした。

# 8.

八月初め、いったん梅雨が明けてからは、猛暑日《もうしょび》が続き、夜になっても湿気《しっけ》と熱気は少しも引かない。一方、ファミレスではエアコンががんがんに効いていて、内と外の温度差は十度以上ある。長居を決めこんできている三人は座《すわ》るとすぐに、Tシャツの上にジャケットを羽織《はお》った。それから、ドリンクバーにいって、コーラ、ファンタ、スプライトをそれぞれ取ってきて、一気飲みすると、またドリンクバーにいって、スプライト、ファンタ、コーラをそれぞれ取ってきて、一気飲みした。二回ともスプライトを選んだのは涼子《りょうこ》。三回目、三人はホットコーヒーをカップに注いで、ソファ席にもどった。蓮二《れんじ》は砂糖《さとう》三・クリーム二、涼子は砂糖二・クリーム一、武史《たけし》はどちらもなし。

蓮二がコーヒーに砂糖とクリームを入れて混ぜながら、

「土手の甚蔵《じんぞう》が死んで、これで十人目だよな。この話、どこまで続くんだっけ。っていうのも、もうすぐコミケ。コミケ・イズ・カミング・スーンなわけよ。で、もう前にもいったけど、武史《たけし》の話、全部、マンガにするのはインポッシブル。これさ、コミック版で五冊くらいあるんだもん。だから最初のほうはマンガでやったんだけど、途中《とちゅう》からはいきなり挿絵《さしえ》付き読み物になってる。武史の文章、そのままもらって、イラストをあちこちにはめていく感じ。おれが気に入った場面、つまり、グロテスクでウィアードなとことか、えぐいとことか、かっこいい殺しのとことか描いて、それを凉子《りょうこ》が、本文にうまくはめこんでくれてるとこ。だから、続きがどれくらいあるか知りたいんだ。ハウ・ロングなんだっけ、これは?」

そういって、蓮二《れんじ》はコーヒーをゆっくり飲んだ。武史が落ち着きはらって、

「ちょうど半分ちょっとまでいったところかな。この話、全部で九十七話あって、ここまでが五十三話」

「えっ!」

「うそっ!」

凉子と蓮二が飲みかけたコーヒーにむせかけた。蓮二が、

「ジャスト・ア・モメント。それないだろ。これがあと同じくらい続くって。それ、アンビリ

バボーだぜ」

「三遊亭円朝って、そんなに体力あったの」

武史《たけし》は、まあまあというジェスチャーでふたりをおさえて、

「そんなにびっくりするかなあ。『三銃士』が入ってる、デュマの『ダルタニャン物語』は三部作で、日本語版は十一巻。中里介山の『大菩薩峠《だいぼさつとうげ》』は四十一巻。『真景累ヶ淵《しんけいかさねがふち》』はそう長くないよ」

「だけど、この調子でふたりが延々と人を殺していくわけ?」と、蓮二《れんじ》。

「それとも、新吉にまたほかの女ができて、お賤《しず》を殺しちゃう?」と、涼子《りょうこ》。

「いや、どちらでもない。ここから、いきなりそのふたりが退場して、しばらくまったく違《ちが》う話が進んでいくんだ」

「まじ?」

「どういうこと?」

「後半は、ふたりが殺した名主の惣右衛門《そうえもん》の息子、惣次郎《そうじろう》が跡《あと》を継《つ》いで、質屋を始めるところから始まる。そして麹屋《こうじ》という料理屋でお隅《すみ》という女となじみになるんだ。ところがそこに安

田一角という剣術使いがやってきて、お隅《すみ》にほれる。お隅は一角みたいな無神経で横暴な男は嫌《きら》いだから、あっさり振《ふ》って、惣次郎《そうじろう》と夫婦になって、そこの母親にもかわいがられる。おさまらないのが一角。腹立ちまぎれに難癖《なんくせ》をつけて惣次郎にからんで、嫌《いや》がらせをしたあげく、闇《やみ》の中で切り捨《す》てる。

お隅は、夫殺しの犯人をつきとめようと、また麹屋《こうじ》で働き始め、一角の手下の富五郎という男をたらしこんで、真相をつきとめ、富五郎を刺《さ》し殺す。そのあと、一角の家にいって同じように色仕掛けで夫、惣次郎の敵《かたき》を取ろうとするが、見破られて、返り討《う》ちにされる。その後、一角は姿《すがた》を隠《かく》してしまう。

お隅の残した手紙で、事の次第を知った惣次郎の母親は十歳にもならない子ども惣吉《そうきち》、つまり惣次郎の弟を連れて、敵討ちの旅に出る。ところが、その途中《とちゅう》、雪が降《ふ》ってきたので、観音さまの御堂《みどう》で休んでいると母親が腹痛を起こす。そこに立ち寄った六十前くらいの女から、ふもとに薬屋があるときき、惣吉は走って買いにいくが、そんな薬屋はどこにもない。しかたなく御堂までもどってみると、母親は絞め殺されて、金をそっくり盗《と》られていた。泣きじゃくっているところを、観音寺の和尚《おしょう》に拾われ、頭を剃《そ》って、惣吉は弟子になる」

武史《たけし》はそこまで語ると、ふうっと、ため息をついてコーヒーを飲んだ。あとのふたりは黙《だま》って待っている。武史が、

「あれ、外、雨降《ふ》ってるじゃん。すごい夕立だなあ」

「あ、ほんとだ。おい、雷《かみなり》だ」と、蓮二《れんじ》。

「それより話の続きは？」と、涼子《りょうこ》。

「ききたい？」

ふたりがうなずく。

「後半は、ここまでがたっぷり語られて、そこに、新吉とお賤《しず》が再登場するんだ」

「プリーズ・ウェイト。飲み物取ってくる」と、蓮二。

「じゃ、いっしょに」と、あとのふたり。

三人が取ってきたのは、バニラ・オ・レ、キャラメルマキアート、キャラメルマキアートだった。今度はだれも砂糖《さとう》を持ってきていない。席にもどると、早速《さっそく》、武史が、

「いっしょに羽生《はにゅう》村を逃《に》げてから、七、八年後、ふたりはたまたま出会った一角の手下をうまくだまし、一角の居場所をききだし、それから旅の途中《とちゅう》の三蔵を襲《おそ》って殺して金を奪《うば》うんだけ

ど、そのときお賤《しず》が顔にけがをする。それをみて、新吉はぞっとする。お累《るい》が蚊帳《かや》のそばにすわって、うらみがましく自分をにらんだときの顔を思い出したんだ。そのあと、山奥《やまおく》で雨に降《ふ》られて、ある庵《いおり》で雨宿りをさせてもらうんだけど、そこでひとりの尼《あま》さんに出会う。ここから、話は一気にエンディングにむかって走りだす。さて続きは、またメールで送るよ。三日くらいで書けると思う」

## 第八話　観音堂

ふたりは下総《しもふさ》の塚前《つかまえ》村にある観音堂の庵にやってきた。庵には六十を過ぎた尼がいた。地味な単衣《ひとえ》を着て、腰衣《こしごろも》をつけている。新吉が、

「わたくしどもは旅の者ですが、どうかしばらくここで雨宿りをさせてはいただけませんか」

「はい、ご参詣《さんけい》の方ですかえ」

「いいえ、通りがかりの者ですが、ここの観音さまは御利益《ごりやく》があると有名ですから、お参りしていこうと思っています」

「夕立でしょうから、すぐにやみます。どうぞ、お上がりください。お茶でも差し上げましょ

う」

新吉とお賤《しず》は井戸で足を洗ってから、座敷《ざしき》に上がった。そして、出してもらったお茶を飲みながら、あれこれ話をしているうちに、お賤が首をかしげ、尼《あま》の顔をしげしげとみて、

「おや、おまえさんは、おっ母《かあ》じゃないかい」

「はい、どなたです」

「どうして尼さんになったのかは知らないけど、あたしは十三年前、深川の紅葉屋《もみじ》に置き去りにされたお賤だよ」

尼ははっとして目をこらし、

「やっ、おまえはお賤。さっきからなんとなく似ているとは思ったものの、顔に大きなけがをしているから、どうなんだろうと思っていたんだ。母親ですと名乗れた義理《ぎり》じゃないが、こうやって頭をそって出家した身だから、どうか堪忍《かんにん》しておくれ」

お賤は黙《だま》って返事をしない。

「あのとき、おまえは十六だったねえ。本当にむごいことをしたもんだ。それだけじゃない、わたしはその前も、その後も、いろんな人に迷惑《めいわく》をかけてきた。それを悔《く》いて、いまやっと尼に

なったんだよ。ところで、お賤《しず》、この人はおまえのお連れ合いかえ」

「そうだよ」

「新吉と申します。お初にお目にかかります。どうぞ、これからよろしくお願いします」

「昔のわたしなら、嘘《うそ》八百を並《なら》べたことでしょうが、こうして出家してからは、くる人、くる人に、若い頃《ころ》の悪事や放蕩《ほうとう》をすべて包み隠《かく》さず話して、懺悔《ざんげ》をするようになりました。悪事や放蕩にはかならず報いがあるということを、少しでもたくさんの人に知ってほしくてねえ」

「失礼ですが、お母さんは、どこのご出身でございます。江戸っ子でしょう」

「いえ、わたしの生まれは下総《しもふさ》でして、父親は百二十石をいただいていた身分のある人でした。お嬢《じょう》さま育ちだったのですが、性格が悪かったんでしょう、十六のとき、家来のひとりと駆《か》け落ちをして、江戸の本郷菊坂《ほんごうきくざか》に所帯を持ちました。そうして次の年か、その次の年に男の子を産んで、甚蔵《じんぞう》という名をつけました。もう顔などはさっぱり覚えていませんが、右腕《うで》に気味の悪いあざのあったのはいまでもよく思い出します。そのうちに男に死なれ、ひとりではどうしようもなく、その子を菊坂下の豆腐屋の前に捨《す》てて上総《かずさ》の東金《とうがね》にいき、料理茶屋の女中をしているうちに、船頭といい仲になって、いっしょになったものの、亭主運《ていしゅ》が悪いんでしょう、その船頭にも死に別れました。そのとき、ある人から、江戸の小日向《こひなた》のお旗本の奥《おく》さまがあんばいが悪く、女中をさがしてるといわれて、住みこみで働くことになりました。そうするうちに、殿さまのお手がついて、できたのが、このお賤《しず》」

尼《あま》は茶碗《ちゃわん》を取って、少し茶をすすってから、また話しだした。

「そのままだったら、わたしはお旗本の妾《めかけ》で、それなりにいい目をみたんでしょうが、運の悪いのはしかたがないもので、お賤がふたつのとき、殿さまは殺され、お家はお取りつぶしになり、わたしはしかたなく、もと住んでいた深川の家にもどりました。それから十数年、お賤を紅葉《もみじ》屋に置き捨《す》てて、ある船頭といっしょになって、房州《ぼうしゅう》に逃《に》げたのですが、それから先は悪いことのし放題。色と金に狂ったように、この手であやめた人の数もひとりやふたりではありません。わたしのせいで死んだ人は、その倍くらいはおりましょう。どうして、正直でまっとうな人間が殺されて、こんな因業《いんごう》な女が生きているのか、世の中は不思議なことだらけでございます」

新吉はため息をついて、お賤に、

「どうだ、お賤」

「あたしがお旗本の娘《むすめ》だったとはね。もしお家が取りつぶしになりさえしなけりゃ、あたしはそこのお嬢《じょう》さまだったんだ」

新吉はうなずきながら、尼《あま》に、

「ところで、その小日向《こひなた》の旗本というのは、どこのだれです」

「はい、深見新左衛門《ふかみしんざえもん》さまというお旗本でございました」

新吉は驚《おどろ》き、

「そんなら、このお賤《しず》は、その新左衛門とかいう人の娘」

「そうでございます」

新吉はぞっとして、血の気が引いた。この尼の名はお熊《くま》。そしてお賤は腹違《ちが》いの自分の妹ではないか。それを知らぬまま七年も夫婦の暮《く》らしをしていたとは。そのうえ、ふたりして殺した土手の甚蔵《じんぞう》は、お熊の息子。あの右腕《うで》のあざはよく覚えている。考えてみれば、お賤が顔にけがをしたのも、邪険《じゃけん》に扱《あつか》った豊志賀《とよしが》のたたりだ。ああ、なんと恐《おそ》ろしい。なんと罪深いことだ。

そう思うと、新吉は泣けて泣けてしょうがなかった。なにもいわず、うつむいて、尼に、

「お話をうかがって、自分もこれまでに犯した罪を心から悔《く》いるつもりになりました」

「なにをいいなさる。まだまだ、これからでしょうに」

「自分はいま、つらくてしょうがありません。身を切られるような、身をむしられるような心持ちです。どうか、あなたの弟子にしてください。どうか、ここに置いてください。本堂の掃除《そうじ》でも、墓の世話でも、なんでもします。これからは死ぬまで、罪滅《つみほろ》ぼしをしようと心に決めました」

「わたしの懺悔《ざんげ》話をきいて、そういう気持ちになる方は多いのですが、案外と、長続きはしません。ですから、そう一途《いちず》に考えなくてもいいのですよ。悪いことをした、迷惑《めいわく》をかけた人に申し訳ないと、そう思いさえすれば十分です」

「いえ、新吉はたったいま、すべてを捨《す》てる決心をしました。どうか弟子にしてください」

新吉はそういうと、うつむいたままお賤《しず》のほうを向き、

「お賤、おまえとは悪縁《あくえん》とも知らず夫婦の暮《く》らしをしていたが、それも今日限りだ。どうか別れてくれ。おれは頭をそって、この尼《あま》さんの弟子になる」

「ばかなことを、おいいじゃないよ。なにさ、いまさらそんなことをいうなんて」

「お賤《しず》、おまえはなんで、なんで、羽生村《はにゅう》なんかにきたんだ」

「そんなこといわれたって。惣右衛門《そうえもん》の旦那《だんな》さんに請《う》け出されて、いったんじゃないか」

「とにかく、そばに寄るな、寄ってくれるな。頼《たの》むから」

「ああ、そうかい。わかったよ。あたしがこんな顔になったのがいやなんだね」

新吉は激《はげ》しく首を振《ふ》り、

「そんなんじゃねえ。顔がかわいいとか、顔がみにくいとか、そんなことはどうでもいい。そんなのは表だけのことだ。いいか、お賤、世の中には、もっと大切なことがあるんだ。もっともっと、恐《おそ》ろしいことがあるんだ。おれはもう、怖《こえ》えよ、心底、怖えんだ。なあ、わかってくれ」

「いったい、どうしたっていうんだい」

「ええい、そばにくるな、近寄るな!」

お賤はあっけにとられたものの、やはりこれは、自分の顔が変わってしまったからだと思った。

このとき、お賤は二十九、新吉は三十だった。

それからというもの、新吉は朝早くから起きて、庵《いおり》のまわりをはいて、本堂を掃除《そうじ》して、墓場をきれいにして、畑の花を摘《つ》んでそなえたりと、生まれ変わったような毎日を過ごしていた。

一方、お賤《しず》は、新吉が醜《みにく》くなった自分に愛想《あいそ》をつかし、そのうち、母親のもとに置いて出ていってしまうのではないかと気が気でなく、どこにでもついていく。新吉は新吉で、お賤に、おまえはおれの妹だと打ち明ける気にはなれず、勘違《かんちが》いしてうるさくつきまとうお賤がうっとうしくてたまらない。

七月二十一日のこと、新吉は表の草を刈《か》っていて、お賤は台所で料理をしていた。そこへ音助《おとすけ》という観音寺の寺男に連れられて、十二、三歳の小僧がやってきた。観音寺で、近所の家の法事があるので、尼《あま》さんを呼びにきたという。新吉は、

「あいにく、ちょうど出かけております。もどってきたら伝えますので」

新吉は、色白の端整《たんせい》な顔をしている小僧が気になって、

「小僧さん、いくつだね」

「十二になります」

「えらいねえ。そのくらいから出家の道に入れば、悪いことなどなにもしないですむ。うらや

ましいことだ。ご両親も承知かい」

「いいえ、しかたなく、お寺にお世話になっています」

「ということは、ご両親が亡《な》くなったとか」

「はい、父は七年前に死にました」

といいながら、小僧は泣きだした。そのあとを引き取って、音助《おとすけ》が、

「お父さんが亡くなって、そのあとをお兄さんが継《つ》いだものの、一角という剣術使いに殺され、その敵討ちに、老齢《ろうれい》のお母さんといっしょに敵討ちに出たところが、お母さんは殺され、ひとり泣いているところを、観音寺の和尚《おしょう》さんに拾われたってわけです」

新吉は、かわいそうな話だと思い、

「そうですか。それはいたましい話ですね。ところで、小僧さんのおうちは、どちらです」

「下総《しもふさ》の羽生《はにゅう》村らしい」

「え、羽生村。それで、お父さんのお名前は」

「名主役をしていた惣右衛門《そうえもん》さんとか。この小僧さんの名前は惣吉《そうきち》さんだと、うかがってます」

新吉は自分の罪が次から次に、岩のように落ちてきて身を打つのを感じて、ろくに返事もで

きず、ぼんやり、手に持った鎌《かま》をながめていた。音助《おとすけ》がそれをみて、

「ずいぶん錆《さ》びた鎌《かま》ですねえ。研《と》いだほうがいいですよ」

「いえ、研《と》ぎ方をまだ知らないんです」

「じゃあ、これを使いますか。古いが、ようく鍛《きた》えてあるから、研げば研ぐほど、よく切れる」

「これはいい鎌ですね。ずいぶん古くみえるのに、刃だけは生きているようだ」

といいながら、受け取ってみると、柄《え》のところに、丸に三の字の焼き印が押してある。

「これは、どこから」

「この惣吉《そうきち》さんの羽生《はにゅう》村に三蔵さんという質屋さんがあったんだが、そこがつぶれちまってね、おれの友だちが、そこにあったのをもらって、もってきてくれました」

新吉は息が止まるかと思った。九年以上まえのこと、土手でお久《ひさ》を殺した鎌だ。その鎌で、お累《るい》は自殺した。それが回りに回って、この手にもどってくるとは。新吉は家のほうに声をかけた。

「おい、お賤《しず》、ちょっとこい」

お賤は、このところ迷惑《めいわく》そうにされていたので、呼ばれたのがうれしくて、飛んできた。

「なんだい」

「ここにいる小僧さんの顔に、見覚えはないか」

「そういわれれば、そんな気もするけど、さて、だれでしたっけ」

「羽生村《はにゅう》の惣右衛門《そうえもん》さんの息子さんだ。あの頃《ころ》、五つか六つだっただろう」

「おや、惣吉《そうきち》さん」

「そして、この鎌《かま》は三蔵さんのところにあった鎌だ」

新吉はそう叫《さけ》ぶなり、鎌の刃先をお賤《しず》の喉《のど》に突《つ》き刺《さ》した。

お賤は悲鳴をあげ、音助《おとすけ》は「だれか」と大声をあげる。尼《あま》が飛んできた。そして、喉から血を流し、体を痙攣《けいれん》させている娘《むすめ》をみて、新吉に
「罪科《つみとが》のない娘を、どうして。気でも違《ちが》ったか」となじる。

新吉は力なく首を振《ふ》ると、それまでのいっさいがっさいを打ち明けた。

それをきいた尼は、言葉もない。

新吉はお賤に、

「おまえが妹とは知らず、畜生《ちくしょう》同然の夫婦になって七年。お天道さまには顔向けができねえ。それより、知らず知らずに、いや、知ったうえで犯した罪の数々、こりゃあ、だれにも、どうに

も言い訳がつかねえ。おい、お賤《しず》、おれをみてくれ。どんな顔をしている。なあ、怖《こわ》いか、怖いか」

お賤は切れ切れの声で、

「いいえ、いつものやさしい顔をしているよ」

「よかった。おれもすぐにいくからな。だが、おれはおまえに会えて、こうして七年もいっしょに生きてこられたことがうれしい。殺した人間や、迷惑《めいわく》をこうむった人間には本当に悪いが、それは正直な気持ちだ」

「こんな顔でもかい」

「ああ、そんな顔でもだ。どうせ、次に会うのは地獄《じごく》だろう。地獄でも、その顔で待っててくれ。頬《ほお》ずりして、かわいがってやる」

お賤は全身を赤く染《そ》め、苦しい息の下から、

「惣吉《そうきち》さん、ごめんなさい。おっ母《かあ》さん、ごめんなさい。新吉さん、待ってますからね」

といって、事切《こときれ》れた。

新吉は鎌《かま》を腹に突《つ》き立て、惣吉に、

「安田一角は、五助街道の藤ヶ谷の明神山《みょうじんやま》に隠《かく》れています。どうぞ、力強い助っ人を頼《たの》んで、そこへいって敵をお討ちなさい」

惣吉《そうきち》は、

「わかりました。早速《さっそく》、そちらに向かいます。あとは、観音堂で母を殺した人物がわからないけれど、そのうち、悪いことをした報いがくるでしょう」

それをきいた尼《あま》が、

「あのときの、坊《ぼう》やは、おまいさんかい」

「えっ」

「三年前の七月、観音堂で雨宿りをしていたお母さんを殺して、百二十両をうばって逃《に》げたのは、このわたしです。娘《むすめ》も罪を悔《く》いて死に、娘の夫も罪を悔いて死に、あとはわたしが罪を悔いて死ねばすべてがおさまります」

惣吉も音助《おとすけ》も言葉を失い、ただただ、顔を見合わせている。尼は新吉の持っていた鎌《かま》を取りあげて、喉《のど》をかき切った。

いきなりすさまじい雨が降《ふ》り始めた。

# 9.

八月、コミケが終わった次の日、三人はまたファミレスにいた。テーブルには、なっちゃんオレンジ、CCレモン、さわやか白ぶどうのグラスが置かれている。

「乾杯《かんぱい》」の声とともに、三人がグラスを合わせた。

「収支報告、五十二冊売れた」と、蓮二《れんじ》。

「わ、少なすぎでしょ、それ」と、涼子《りょうこ》。

「時給十円を切るな」と、武史《たけし》。

「けど、おもしろかった」と、三人。

「それにしても、すさまじい話だったよな。もう、描いてて、くたくたになったわ。ベリー・タイアード」と、蓮二。

「表紙と装丁と、イラストの貼《は》りこみ、最高だったよね」と、涼子。

「それにしても、最後のいっさいがっさいまとめてけりをつけてしまう、あのやり方、じんじょうじゃないよな」と、武史《たけし》。

「だよな／だよね」

「これさ、三人共同製作ってことにして、夏休みの現国の自由課題で提出しない。けっこう、いい点もらえそうじゃん」

そういいながら、凉子《りょうこ》はさわやか白ぶどうを飲みほすと、ドリンクバーにいって、炭酸水を持ってきた。

「え、炭酸水って、あり」と、蓮二《れんじ》。

「おいしいよ」と、凉子。

「砂糖《さとう》とミルクを入れて冷めたコーヒーを炭酸水で割るとおいしい」と、武史。

蓮二がなっちゃんオレンジを飲みほして、ドリンクバーからホットコーヒーを持ってきた。

凉子が武史に、

「最後のところ、ほら、『地獄《じごく》でも、その顔で待っててくれ。頬《ほお》ずりして、かわいがってやる』って、科白《せりふ》があるじゃない。あれって、原作にあるの」

「ってことはつまり、どういうことなの？」

「ない」

「じゃ、オリジナル？」

「っていうか、そのまえで、新吉が『顔がかわいいとか、顔がみにくいとか、そんなことはどうでもいい。そんなのは表だけのことだ。いいか、お賤《しず》、世の中には、もっと大切なことがあるんだ。もっともっと、恐《おそ》ろしいことがあるんだ。おれはもう、怖《こえ》えよ、心底、怖えんだ。なあ、わかってくれ』っていうところ、これもオリジナル。ここは、涼子《りょうこ》の言葉をきいて思いついたんだ。恐ろしいことと、大切なことって、紙一重かなと思う。とことん怖い怪談《かいだん》って、とことん大切なことを語ってると、『真景累ヶ淵《しんけいかさねがふち》』を読み返して思ったんだ」

「イグザクトリー、そうだよな。おれも、ぞくぞくしながら、いつの間にか、ふっと、新吉になってることがよくあった」

武史《たけし》がCCレモンを飲みほして、ドリンクバーからエスプレッソを持ってきた。

しばらく三人はぼんやり外をながめながら、それぞれの飲み物を飲んでいた。

そのうち、涼子が、

「あ、また雨だ」

瑠衣《るい》は窓際《まどぎわ》のテーブルをふきながら、いつもの癖《くせ》で、ガラス窓に目をやった。自分に微笑《ほほえ》む。だいじょうぶ、今日は変な色はついていない。この頃《ごろ》は、右側が薄紫色《うすむらさき》に染《そ》まってみえることが、めっきり少なくなった気がする。

瑠衣はテーブルをふき終わると、料理を出すカウンターのところにいって仲間に、

「あの子たち、よくいつも三人でくるよね」

「え、なに」

「ほら、いま出ていった高校生三人組。あそこでよくコミケの作品の話をしてるじゃない。もう何回目だっけ。それもほら、怪談《かいだん》話。ときどき、こっそりきいてたんだけど、怖《こわ》いんだ、それが」

相手の女の子が首を振《ふ》って、

「知らないよ、そんな連中」

「知らないわけないでしょ。さっきまで4番のテーブルにいたんだし」

「あそこ？　今夜はまだだれも座《すわ》ってないよ」

「うそ！」

「また、いつものぼんやりだね、瑠《る》衣《い》ちゃん。ま、かわいいったら、かわいいけど、ちょっと気をつけたほうがいいよ。そんなに気になるなら、レジに伝票があるから、みてきたら」

瑠衣はレジに伝票を確かめにいって、もどってくると、

「ごめん。伝票なかった」

「まあ、だれかに迷《めい》惑《わく》がかかるわけじゃないからいいけど、自分的には要注意だよ」

瑠衣は肩《かた》をすくめて、外をみた。

また、雨が降《ふ》っている】

# あとがき

ぼくは中高生の頃から怪談《かいだん》、幽霊《ゆうれい》話、ゴーストストーリー、ホラーが大好きで、今でも大好きです。なぜ、恐《おそ》ろしくて、怖《こわ》くて、たまにグロテスクで、ぞくぞくするような話がおもしろいのかわからないのですが、人はそういうものにひかれるのでしょう。海外でもそういう話や小説は山ほどあるのですが、なんといっても、イギリス、そしてアメリカがおもしろいと思います。

しかしアジアではどこよりもやはり日本でしょう。日本の怪談はどこの国とくらべても、その怖さにかけては群を抜《ぬ》いて怖い。その伝統は、『リング』『らせん』『ループ』を引き合いにだすまでもなく、現代作家にまで受け継《つ》がれています。

しかし、その源流は三遊亭円朝ではないでしょうか。

円朝は幕末から明治にかけて活躍《かつやく》した落語家で、驚《おどろ》くほどたくさんの噺《はなし》を作っています。たとえば岩波書店から出ている新しい全集は全十三巻です。

ひとことで落語といっても、いろんなものがあって、おもしろおかしい滑稽《こっけい》な話もあれば、しんみりときかせる人情話もあれば、怪談《かいだん》もあります。

円朝の作品で、いまでも寄席でよくかかる有名な物といえば、たとえば『死神』。自殺しようとしたところを死神に救われた男が、死神に教えられたまま医者になって成功するけれど、金に目がくらんで死神を裏切ってしまい、そのむくいで自分の命の？　ロウソクが消えかかる……そんな話です。

それから、娘が身を売って作った金を、お店の金をなくして橋から身を投げようとしていた若者に渡してしまう職人をユーモラスに描いた人情話『文七元結《もっとい》』。

しかし最も有名なのは、怪談話でしょう。とくに『牡丹燈籠《ぼたんどうろう》』『真景累ヶ淵《しんけいかさねがふち》』『怪談乳房榎《ちぶさのえのき》』は落語として演じられるだけでなく、歌舞伎でもたまに上演されることがあります。

この「ストーリーで楽しむ日本の古典」シリーズの十巻で『牡丹燈籠』を取りあげましたが、今回は『真景累ヶ淵』です。

どうしようもない飲んだくれの貧乏旗本、深見新左衛門《ふかみしんざえもん》が酔《よ》いと怒《いか》りにまかせて、盲目の鍼医《はりい》で金貸しの宗悦《そうえつ》を切り殺すところから話が始まります。

やがて、新左衛門《しんざえもん》はその報いを受けるものの、この因縁は新左衛門の息子と宗悦《そうえつ》の娘にまでおよび、次々にまわりの人々を巻きこみ、思いもよらない方向へ物語が進んでいきます。

新左衛門と宗悦の悪縁が織りなす、色と金と悪縁につかれた人間の悲劇と喜劇、よくぞここまで徹底的に描いてくれたといいたくなる、幽霊《ゆうれい》物語、いかがだったでしょうか。

### ◉参考文献


『円朝全集』第五巻（岩波書店）
『三遊亭円朝全集』第一巻（角川書店）
『死霊解脱物語聞書—江戸怪談を読む』（現代書館）

著者

**金原瑞人**（かねはら　みずひと）

岡山県生まれ。翻訳家、法政大学社会学部教授。主な訳書に『豚の死なない日』（白水社）『スウィート・メモリーズ』『ルーム・ルーム』（金の星社）『青空のむこう』（求龍堂）『かかし』（徳間書店）「バーティミアス」シリーズ『かかしと召し使い』（理論社）『火を喰う者たち』（河出書房新社）「ミッドナイターズ」シリーズ（東京書籍）『八月の暑さのなかで』『さよならを待つふたりのために』（岩波書店）「パーシー・ジャクソンとオリンポスの神々」シリーズ（ほるぷ出版）など多数。歌舞伎や古典落語にも造詣が深く、特に江戸から明治の怪奇小説に関心がある。

画家

**佐竹美保**（さたけ　みほ）

富山県生まれ。主なさし絵に『黒ねこ亭でお茶を』『ミステリアス・セブンス―封印の七不思議』（岩崎書店）『封神演義』『西遊記』『三国志』（偕成社）「大魔法使いクレストマンシー」シリーズ（徳間書店）「ブンダバー」シリーズ（ポプラ社）「魔女の宅急便」シリーズ3～6巻（福音館書店）『鏡のなかの迷宮』（あすなろ書房）、絵本『千の風になって』（理論社）「ドーム郡」シリーズ（小峰書店）など。

※本文の内容の一部に今日の人権意識からみて不適切と思われる表現が含まれていますが、
当時の時代背景と作品の文化的価値を考慮して、本作のとおりにまとめました。

（岩崎書店編集部）

ストーリーで楽しむ日本の古典20

**真景累ケ淵**　どこまでも堕ちてゆく男を容赦なく描いた恐怖物語

2017年2月28日　第1刷発行

著　者　金原瑞人
画　家　佐竹美保
装　丁　山田 武
発行者　岩崎夏海
発行所　株式会社 岩崎書店
〒112-0005東京都文京区水道1-9-2
電話　03-3812-9131（営業）　03-3813-5526（編集）　00170-5-96822（振替）
印刷所　三美印刷 株式会社
製本所　株式会社 若林製本工場

NDC913　ISBN978-4-265-05010-9


ご意見、ご感想をお寄せ下さい。E-mail:hiroba@iwasakishoten.co.jp
岩崎書店HP：http://www.iwasakishoten.co.jp
落丁、乱丁本はおとりかえいたします。